日本古典女性日记

后浪

蜻蛉日记

插图版

[日] 藤原道纲母 著

黄一丁 译

江苏凤凰文艺出版社
JIANGSU PHOENIX LITERATURE AND ART PUBLISHING

图书在版编目（CIP）数据

蜻蛉日记：插图版 /（日）藤原道纲母著；黄一丁译. -- 南京：江苏凤凰文艺出版社，2022.10

（日本古典女性日记）

ISBN 978-7-5594-6967-0

Ⅰ.①蜻… Ⅱ.①藤… ②黄… Ⅲ.①日记－作品集－日本－中世纪 Ⅳ.①I313.63

中国版本图书馆 CIP 数据核字 (2022) 第 114474 号

蜻蛉日记（插图版）

[日] 藤原道纲母 著　黄一丁 译

编辑统筹　尚　飞
责任编辑　曹　波
特约编辑　许凯南　许明珠
装帧设计　墨白空间 · Yichen
出版发行　江苏凤凰文艺出版社
　　　　　南京市中央路 165 号，邮编：210009
网　　址　http://www.jswenyi.com
印　　刷　天津图文方嘉印刷有限公司
开　　本　787 毫米 ×1092 毫米　1/32
印　　张　12
字　　数　238 千字
版　　次　2022 年 10 月第 1 版
印　　次　2022 年 10 月第 1 次印刷
书　　号　ISBN 978-7-5594-6967-0
定　　价　228.00 元（全四册）

江苏凤凰文艺版图书凡印刷、装订错误，可向出版社调换，联系电话 025－83280257

上卷

《夜雪浮舟图》，鱼屋北溪 绘

一 序文

过去的时光如此流逝，世间无常，虚无缥缈，有一位女子[1]，身无所依，孑然度世。貌不如人[2]，心智亦甚平庸，因此诸事无成，也应为情理之中。于是只是夜卧晨起，日升日落，每每细读古时的“物语”[3]，发觉其中竟然不乏些陈词滥调的谎言。虽然身不如人，但也且记些日记，后世的读者，或许还能有称奇之处，而世间中，那些想了解权门中的荣华富贵的人，亦可以此一文作为参考，而窥其一斑。光阴荏苒，往事或有许多遗忘与疏漏，因此多以印象为凭，聊记此文。

---

1 本书作者，藤原道纲母（936？—995）。平安时代贵族，藤原伦宁之女，藤原兼家之妻，藤原道纲之母。平安时代人藤原长能为其兄弟，《更级日记》作者菅原孝标女为其外甥女。

2 《尊卑分脉》中记载：“（藤原道纲母）本朝第一美人三人内也。”

3 日本古典叙事文学，类似小说。

二　唐突的求婚

轻浮情话之类的惯常套路在此少叙，犹记得当初，从那难攀的柏木[1]高枝上，掉下一场贵公子[2]的求婚。这种事情，如果是等闲之辈，或许会先递介绍书信，亦或者会先托付府中的女官妇人带话，然后才可以明说。然而这位公子，却先把事情告诉了家父，模棱两可的措辞，使人分不清究竟是说笑之词还是真心实意。虽然已严词拒绝过了[3]，但这位公子佯装不知，派人骑着马，前来叩门。来者不问也知道是什么人，就是这位公子的使者，真令人慌乱不堪。不知如何处置，情急之下，只好暂时

---

1 “柏木”代指“兵卫府”或“卫门府”，兼家当时担任右兵卫佐。

2 藤原兼家，藤原师辅之子，关白、摄政大臣藤原忠平之孙。平安时代公卿，后成为摄政、关白、太政大臣。冷泉、圆融两代天皇的岳父，一条、三条两代天皇的外公。曾迫使花山天皇退位，安排自己的外孙一条天皇登基，权倾一时。自此以后，平安时代的摄政与关白均由兼家的子孙担任。

3 平安时代的日语文体中往往没有主语，因此需要结合上下文判断主语，本书翻译中，译者为保持作品原貌，尽量不另添加主语，供读者见仁见智。

收下书信，之后则是更加不知所措。粗读书信，发现纸张与体例，都不符常理，曾听闻此公子的文笔了得，从这封信上却怎么也看不出来，行文之拙劣，令人疑窦顿生。例如这首和歌[1]：

只闻君名远，有心相语是杜鹃，但悲不得见。

就这么一首和歌，到底要不要回信，犹豫不决之间，家中老人家[2]说道："不妨回一封信看看。"于是便有了如下回复：

无人语乡里，杜鹃鸣声何所益？勿复于此啼。

---

1 和歌，是日本传统的诗歌形式，有短歌、长歌、旋头歌、佛足石碑歌等形式，最常见的形式为短歌，按照5、7、5、7、7的字数依次分为5句，一般为31个音节，和歌只有音节的限制，没押韵的规则。平安时代，男女间和歌的赠答是恋爱的重要手段，所咏和歌的质量是双方教养与才华的体现，因此和歌的优劣往往可以决定恋爱关系的走向。关于翻译和歌的体例，短歌原则上翻译为5、7、5共17字的小诗，长歌以5、7交错的形式翻译。此种体例，可以形式上力争保留和歌中5、7交错的音节特点，信息量上则大致可与原和歌中的内容对应。在每句或后两句的末字押韵，韵脚以现代汉语普通话的语音习惯为基准，按汉语拼音方案中同一韵母均视作押韵的原则，不使用中古、近世汉语音韵体系，忽略韵字平仄。

2 此处推测应为藤原道纲母的母亲。

三 结婚

自此以后，虽然那位贵人偶尔来信，但都没有给他回信。比如：

君似无声泷，欲寻难觅行无踪，何处可堪逢？

刚想到要回复，让贵人少安勿躁，他却如同失了心智，又送来下面这首和歌：

待信焉不回？无人知吾心中味，而今徒伤悲。

如此一来，连家父[1]都说："诚惶诚恐，还是应该妥善回复才行。"因此就让人代笔，回复了一些差不多的内容，送去给了这位公子。可哪怕只是别人代笔的回复，贵人还是由衷感到高兴，又频频送来信件。信尾的和歌写道：

不见君信文，浪消千鸟渚里痕，君心另有人？

对这首和歌也和之前一样交人代笔，妥善回信，蒙混过了

1 藤原伦宁。

关。然而贵人仍不肯罢休:“能够认真回复我的信函,我很如意,但是如果这次仍不能亲笔回复的话,那该将是多么难过。”这话听起来倒是不假,文末附了一首和歌:

文自何人砚?字出孰手虽不辨,此文愿亲见。

虽然信里他这么说,但还是交人代笔敷衍了事了。在这种客套的书信往来中,便夏去秋来了。

秋天已至,贵公子的来信中写道:“现在如此敷衍傲慢,又不愿敞开心扉。这样的窘境真的令人难过,坚持了这么久,究竟是为何呢?”

既非山乡恋,不闻鹿啼思妻念,不眠君不现。

于是便回了一封信道:

虽居高砂岭[1],不闻此番夜中惊,不晓君之情。

还一并写道:“(不在山里却还能听见鹿鸣)还真是不可思议呀。”又过了几天:

逢坂[2]虽言近,何故不越难逢君,度日嗟叹吟。

于是回信:

逢坂尚难越,勿来之关[3]曾闻曰:莫开险且绝。

---

1 鹿的歌枕。歌枕是和歌的特定修辞手法,即带有固定典故含义的地名。

2 京都以东的著名关隘,逢坂之于京都,犹如函谷之于关中。逢坂因其名称中有“逢”,常咏于与恋人分别的和歌中。此处双关有期望与作者相逢之意。

3 位于福岛县的歌枕,地名双关,有勿来之意。此处以险关代指作者难以追求。

然而就是在这客套敷衍的通信中，一转眼竟到了结婚洞房[1]后的清晨。

夕阳哀思急，大堰川中流舟楫，焉知几多泣？

于是回道：

泪流怎言说，大堰川畔夕阳落，哀思较君多。

第三天过后，又送来一歌：

东云悬空晓，临别心绪归难料，似露徒将消。

便又回信：

缥缈更迷离，君归露消何所寄，我身无处依。

1　平安时代贵族实行走婚，男子连续三日留宿女方家中才可确认为完婚，而男方早晨离开后应迅速咏出和歌送至女方家中，以表真挚爱心。结婚后，女方依然长期生活在父母家中，男方会定期前来，即使生产之后，妻子也往往住在自己父母家。

四 新婚生活

就这样，有一次我因一些事情出了远门，他便前去看望了我。忙过之后，第二天清晨他来信写道：

“难得今日，本想你我悠闲共处，不料你却似乎多有不便，怎么，难道你是要离开我寄身山水之间吗？”

于是回信：

垣下石竹[1]株，逢君岂料在此处，花折不胜露。

1 石竹花，又名常夏花、大和抚子。

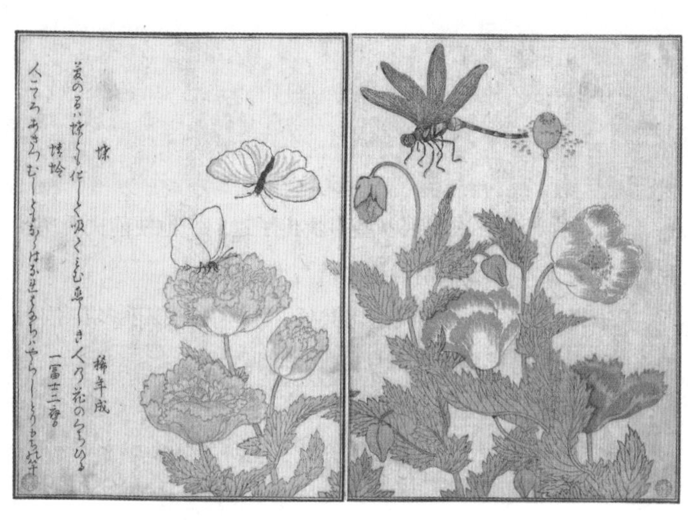

《画本虫撰<蝶><蜻蛉>》，喜多川歌麿 绘

五　月尽

信件往来之间，就到了九月。

月末晦日，他连续两日不见踪影，只是送来信件，于是回信道：

露消袖未干，又遭今晨时雨[1]沾，悲情安可堪。

对方回信：

吾心似长空，泪下今朝秋雨中，日日与君共。

这下子，还没等到写完回信，他便过来了。

又过了些时日，他又开始不常露面，一个下雨天，他才捎话来说：“傍晚便来。”我便回道：

草生柏林下，夕夕暮暮雨漏沾，似泪未曾干[2]。

因为当日他就来了，所以回信也就被这么敷衍了过去。

1　特指晚秋到初冬的长雨。

2　“柏”指兼家，受到“柏”庇护的“草”象征作者。

如此，到了十月。一日正值凶日[1]，闭门在家，心中惴惴不安时，他来信道：

嗟叹折衣寝，长空时雨正如今，衣湿泪露侵。

我的回信和他的和歌一样老套：

心火若未阑，折衣凭此应可干，谁人泪又沾？

而就在这一段时间，我赖以为命的父亲，出仕去了陆奥国[2]。

---

1 平安时代的贵族多迷信，因此有很多辟邪的风俗，此处是凶日时须闭门在家的习俗。

2 陆奥国在日本东北地区，虽地偏远但为大国，作者父亲伦宁获得担任大员的机会，被外放至地方，应与作者和兼家的婚姻有关。

六 远行人

原本正值深秋伤感的时节，况且与新婚的丈夫也尚未完全熟悉，每每与丈夫相见，总是以泪洗面，心中的悲凉，无法言喻。虽说丈夫他也信誓旦旦地保证决不会将我怠慢，但我总怀疑人到底是不是会一直信守自己的诺言，因此反而感到更加悲凉不安。

终于，到了与父亲分别的时候，远行人止不住泪水，留守人的悲伤也难以言表，尽管随从们已经屡屡提醒“时间已晚”，但事到如今仍然不舍离去。父亲将信件卷好，装进了留给我的砚箱中后，便泪水氤氲地上了路，而我却一时难过得连读信的心思也没有，目送着他们渐行渐远，我犹豫再三后，还是上前一探究竟，看看父亲写了些什么：

此去行将远，别后所托唯念君，长路予长心。[1]

---

1 伦宁将自己旅途的遥远与兼家长久不变的真心相类比。

读罢此歌，我顿时觉得，这首歌真应该让丈夫来读一读，但因为心中太过悲伤，所以只得又将信件暂时放回原处。此后，丈夫来访，我却总是低头沉思不语。他便开口安慰我道：“何必要如此悲伤呢？人世间此番离别应是常有之事，而你现在这种态度，难道是因为把我当成了一个外人，不愿安心依靠我吗？”之后，他才注意到了砚箱里的信，丈夫读罢父亲的和歌，长叹，父亲当时正在外面躲避凶险，为出发做准备[1]，丈夫便往父亲所在的地方去了一封信。

既言唯念吾，青松千年契长路，归时情不殊。[2]

如此，时光流逝，我担心着路途中的父亲而不胜伤感，而他的心却并没显得那么可靠。

1 此平安贵族的习俗。若占卜得知出门的方向不吉，则提前出发前往别处，规避不吉的方位。

2 兼家向伦宁保证自己不会变心。

七 雪中横川

到了十二月，丈夫有事上山去了横川[1]，有一天来信说道："大雪纷纷，我对你的思念也如这雪一般纷纷。"于是我便回信：

横川冻绝流，心似积雪消难休，君不似吾愁。

回信之后已是岁末，而这一年就这样无端地结束了。

1 在今天京都市东北比睿山上。

八　道纲的出生

正月里，他又一连两三日不见踪影。我因有事要出门，离家前便不忘给他留了一首和歌，吩咐家里人，若是他来了就取来交给他。

山野寄忧身，可怜莺唤人不晓，啼似泣声杳。

于是就有了回信：

莺声今已闻，共赴山野情岂绝，君行莫悲切。

而就在这之后不久，我也就有了未有之事[1]，春去夏来，身体状况也一直不怎么好，八月朔日，该忙的事情也就都结束了[2]。而这段时间里，他的态度还算殷切，能看得出来，丈夫的心思的确是在我身上的。

1　此处指知道了自己已怀有身孕。

2　此处指生产。

九 新欢

就这样到了九月，有一天他出门之后，我不经意间打开盒子，发现了里面他写给别人的信件。实在是太过分，为了让他注意到我已发觉此事，我便故意在上面添了首和歌：

疑君有他处，见信方知欲何如，今将绝于吾？

就在我心中疑窦顿生之时，果不其然，十月朔日前后，他连续三晚都没有露面。此后，竟然还若无其事地敷衍我说“这段时间是为了考验你的心”，这种故作姿态，简直是莫名其妙。

有一次傍晚，他正在我家，却突然撂下一句“我有事得入宫”便匆匆离去了。我便安了个心眼，悄悄安排人跟着他一探究竟。回来之后，禀告我说，丈夫去町小路的某处过夜了，果不出我所料！虽然早已忧心忡忡，我却不知该不该和他把事情挑明，就这样又过了两三日，一天夜里，日出前他才来叩门，虽然知道是他来了，但我还是心有怨气，所以就没有开门，于是乎，他似乎竟然又往町小路去了。之后过了很久，也不见他回来，于是我便去信说：

独眠待曙迟，若较在吾门外时，孰长君可知[1]？

这次我写得格外用心，还随信附上了遇寒变紫的菊花[2]。回信上他写道："你开门之前，我一直都在等着你的回应，但是不巧那时突然来了使者，就把我召唤走了，这件事，你没有一点过错，都是我不好。"

门外苦彷徨，不畏难曙冬夜长，吾情何凄凉？

那段时间，我还将信将疑他是不是真的变了心，因此他还尽力找借口去解释自己为何离开，但之后的日子里，他便偷偷地前往，连入宫这样的幌子也不打了，这使我心中充满了无限的愤懑[3]。

---

1 作者质问兼家，我孤身在家等你到来的时间与你在门外等我开门的时间，究竟哪一个更长？

2 日语中菊花的"变色"与"变心"为同一词汇，菊花象征着变心。

3 这里应该理解为作者无奈默许了兼家的另一位家室。

十 桃花宴

第二年三月，到了赏桃花的时节，等了很久，他也不曾露面。而另外一位客人[1]，往常是来得很勤的，但唯独今天，不巧没有来。于是，下人们一直从三日夜里一直等到了四日的上午，二人才姗姗来迟，昨晚就已经准备好的菜肴都已不新鲜，得重新准备些，于是从我和姐姐那里又各自重新准备了一些，命人把早已精心挑选过的桃花折下。看见花从后面呈了上来，心中突然一阵翻涌，难过至极，于是挥手写下和歌：

昨日逝难待，花枝纵可今日摘，业已无趣来。

写完心想，算了吧，虽然丈夫的确是过分，但还是别给他看了。本想藏起来，结果我的心思还是被他注意到了，把纸一把拿了过来，便回了一首：

1 指作者姐姐的丈夫。可能是藤原为雅。

桃华子于归，结实作酒三千岁，岂堪年年醉[1]？

而另一位也咏道：

来为爱花情，又恐因花惹虚名，别处待天明[2]。

就这样，他现如今已经对町小路的存在毫不掩饰了。（此处有逸文）事到如今，他的所作所为实在让我困惑，心中满是后悔。然而，即便是难过到无法言表，我依然是束手无策。

---

1 兼家将作者比作桃，因为仙桃三千岁一结果，桃酒三千年才能酿成，所以就像仙桃虽好但不能年年吃，桃酒虽美不能年年喝一样，兼家对作者的爱虽不是日日夜夜的，却是一眼千年的。这是对前几日留宿他处的辩解。

2 此处为作者姐姐的丈夫对昨日缺席的辩解。

十一 与姐姐分别

看着姐夫每日出入家中，我明白她马上也要离我而去，去更安心的地方追求她的幸福去了[1]。而孤身留守家中的我则更加孤单无助。想到今后就很难再看到姐姐的身影，着实感到一阵悲痛，等车来的工夫里，写下一首歌：

何故如此番，悲凉愈繁更添叹，手足徒四散。

回信是姐姐的丈夫写的：

知君恨与嗔，悲叹本因无情人，勿复罪吾身[2]。

写下这首和歌后，姐姐和姐夫便离去了。

---

1 此处指姐姐的丈夫家。

2 歌意：你的悲惨不因我而起，而应怪那无情人对你冷淡。

十二 薄欢寡幸

正如之前所料想的，姐姐走后，每日晨起夜伏，日出日暮，我都孤身一人。即便如此，在世人的眼中，这样的夫妇生活也并没有什么不妥，只不过是他的情意，并不像我曾期待的那样深切罢了。然而，似乎不仅是我这里他不怎么来，听说就连常年留宿的地方[1]，他最近也不去了。之前与她有过通信，五月三四日的时候，我便去了一封信寒暄：

闻人离君宅，水底刈菰今安在，何泽宿根来[2]？

回信写道：

淀泽[3]可刈菰，听闻根在贵处宿，不知可有无？

1　这里指藤原时姬家中，兼家的正妻。

2　日语中的真菰指现代汉语中的茭白，日语中动词“刈”与动词“离”是同音，“那里”与“水底”是同音，“根”与“就寝”是同音，此三处皆为同音的挂词（挂词：双关语）技法。“泽”和“根”是由菰联想而来的“缘语”（缘语：由特定词汇联想出的关联词）。

3　位于京都南部的地名，宇治川与桂川的交汇处，是“菰”的歌枕。

十三 雨

到了六月，从五月底开始，淫雨便一直下个不停，眺望着窗外的景色，有感而发写下和歌：

长雨眺窗中，家中树下叶欲红，嗟叹忧心忡[1]。

1 红叶在和歌中一般为八月至九月的景物，作者的此首和歌时间感比较特殊。

十四 秋来

很快，便到了七月。

心想着，与偶尔才来相比，若是丈夫彻底不来了，也许我反而就轻松了。而就在我这么想的时候，有一天，他却突然来了。我原本便不善言辞，而这次他也没给我什么话茬儿。于是这时候，身前的侍女就顺势提起了前几日我写的那首和歌。他听后如此回道：

未秋着色早，欲待红叶尽染透，艳是逢时后[1]。

看了他的和歌，我便拿出笔砚，回了他下面这首：

逢秋大抵衰，树下黄叶艳何来？君厌[2]颜色衰。

---

1 这里以红叶暗喻作者。

2 日语中“秋”与“厌”同音。此处是挂词的技法。

十五 决裂

就这样，他虽然时不时会来我这里，但我心中非但没能原谅他，反而对他感到愈加疏远。甚至他来的时候，我的心情竟是更加糟糕的，以至于有时我干脆就闭口不言，他也就只得识趣而返。邻居中有人听说了我家情况，有次正巧撞见他从我家狼狈而归，便咏和歌：

藻盐火后生，妒火中烧空里腾，烟斜雾又横[1]。

可见矛盾已经到了水火不容的地步，就连邻居们都开始传些闲话了。因此，我的心思也跟着怅然若失，就如同丢了魂魄一般，盯着一样东西看来看去，看了半天也分辨不出究竟是什么东西，就仿佛根本看不见它的存在。虽然看是应该看过了，但有时甚至可能根本就想不起来到底看了个什么。这样的状态

1 这里以烧海盐时产生烟雾的现象类比作者因嫉妒而怒火中烧使得兼家不得不离开的样子。日语中“吃醋”与“烧”同音，“嫉妒”与“生烟”同音。动词“腾起”与“离去”同音。此歌运用了多种“挂词”技法。

一直僵持着，大概十天过后，他终于来信了。我心想着，他会给我写些什么呢，结果信中写道："你帐台床[1]的柱子上系着的那只小弓用的箭，帮我送来吧。"于是我才想起来，他的确还送过我这样一个信物[2]，便回信说：

心惊临文时，曾想应无追忆日，来信为一矢？

写罢，把箭还给了他。就这样，在他一直没有再来的那段日子里，我家中有一条原本供他出入来往的小路，心想着，以后夜半三更，应该也就听不见他来时的动静了，原本应该彻底安心的我竟然彻夜难眠了。长夜漫漫，想着如今这番场景，心中别有一番难以言说的滋味。虽然心里明明觉得，只要听不见他的声音，看不见他的样子，一切就都清净了，但一想到过去那个对我频献殷勤的人，现如今却早已消失不见，有时一旦听见他的一点消息传闻，心中就只剩下了难过，就这样，有时候竟一整天都闷闷不乐。

1　平安时代贵族使用的四面带有床帏的床，亦可跪坐在上面。

2　辟邪用具，此处推断可能是兼家原来送给作者的物件。

十六 时姬的歌

听说，哪怕是为他生了好几个孩子的地方[1]，他也根本不去了。真可叹，不知那边心中究竟是怎样一番滋味，和我相比，应该有过之而无不及，于是便去了一封信以表慰问。当时日子是九月，便写了很多宽慰人心的话语送去。

凭风传书慰，故人来路蛛丝坠[2]，恩断心变味。

回信写得很真切动人：

既见人心变，草木风中秋凋色，而今唯觉愕[3]。

---

1 这里指时姬。

2 此处使用《古今和歌集》中以蜘蛛暗示情郎将至的典故，即“本歌取”（本歌取：引用特定的有名和歌）。藤原道纲母的时代“本歌取”的规则尚未成熟，尚处于发展阶段，此歌就是一例。

3 此歌以草木变色暗喻兼家的变心，以风暗喻变心的兼家。

十七 小香鱼

就这样，他似乎终究没能彻底厌弃我，时而也会露一露面，就这样，冬天便来了。每日的起居都是在与孩子的玩耍中度过的，忽然想起一首古歌，便开口吟诵道：“网中冰鱼安可知？[1]”

1 《大和物语》第 89 段中，女性质问男子为何不来探望自己时所咏和歌。

十八 取书

开年后又到了春天。这段时间，他有时会带书来读，要是忘在我这儿的话，即使走了也会回来取，于是我就顺便在包书的纸张上写下：

焦心踱荒浦，千鸟过尽难沾身，取书不留痕？

他的回信却故作聪明：

有心才踱浦，千鸟不是无情物，来岂为取书？

我便回信交予他的使者：

千鸟虽言停，望断浦上有恨情[1]，君向何处行[2]？

而就在这书信往来中，时间已经到了夏天。

1 日语中“海边远眺”与“怨恨”同音，此处为“挂词”技法。

2 此三首歌皆以千鸟暗喻兼家。

十九　町小路里诞生的男孩

掐指一算，住在町小路的那一位，也应该快到了要生产的日子。选好了吉祥的方位[1]，她便与他同乘一辆车，动了身，架势大到整个京城都满城风雨，实在是令人作呕，嗤之以鼻，而且偏偏从我门前经过。人们见到我闷闷不乐的样子也就开始议论纷纷，甚至连下人们都说："真是太可气了！世上明明有那么多条路可走。"听着这些喧嚣之声，我想死的心都有了，然而，心中却明白，自己不能就这样任性。从今往后，别人我管不着，但至少我丈夫他最好是从我眼前消失，即便如此也难解我心头之恨。而三四天过后，他竟然来信了。于是我便带着无限的轻蔑，信手打开读了读："最近，我这边有人身体有恙，因此不能上你那边去，昨天，总算是完事儿了。身体尚有诸多不洁，还

1　平安贵族生产前会先占卜出吉祥的方位，并在生产前将产妇移动至该方位以辟邪。

请见谅。”这封信写得真是莫名其妙！气得我草草回了个“收到”便送了过去。我向送信的打听了一下孩子的状况，一听说是个男孩，我便感觉到无限的心塞。过了三四天，他便若无其事地来到了我这里。我心想，你还来干吗？于是便没让他进屋。之后好几次他都被我狼狈地赶了回去。

二十 衣物

到了七月，便到了每年举行相扑的时节，而这时，他却送来新旧两包衣物，让我帮他打理打理，简直不可理喻。打开一看，越发令人感到眼瞎。白发人[1]说："真是可怜啊，难道对面就没有能给他打理这些衣物的人吗？"下人便回道："对面净是些不三不四的人，不用猜也知道。我们可不能替她们把活都干了，要是真觉得我们拒绝是驳了谁的脸面，也轮不到她们来教训我们的不是！"商量过后，便决定原封不动地把衣物给他送回去了，据说最后对面就到处托人给帮着打理了。估计是因为我的薄情扫了他的兴吧，此后的二十多天，他也就一直没有再来过我这里。

1 此处指作者母亲。

二十一 重归于好

不知又到了什么时候，他终于又来了信：“我想着，若是上你那里去，又怕惹你不高兴，你若确实是想让我去，那我便斗胆前去好了。”我看完后连回信的心思都没有，要不是因为周围的下人也议论说，“若再不回信可就太无情了！”，我才不会回复他呢！

芒花秋出穗，君若直言不相讳，我心亦可随[1]。

他的回信则是：

芒花若出穗，君若先言欲我随，东风便可吹。

于是我便又回信交给送信人说：

芒花已出穗，宅院无端狂风吹，满地落憔悴。

我就这样不温不火地回了信，他则回复道：

“看着院中绚烂而开的芒穗，我卧床想着之前的通信，看来我们之间还有很多的心结没有解开。”

---

1 日语中，“出穗”与“明说”为同音，此处为“挂词”技法。

既见百草乱，花色岂因白露染？君怨心中瞒。

既然他都这么明确追问了，那我也就如实回答道：

秋至君心恶，乱思已厌花上露，虽言总无物。

此信去后，我们之间又回到了僵持不下的状态。夜里后半夜，蛾眉月姗姗从山边升起之时，感觉他有了半夜想要离开的意思。或许是因为我面露何必非要今夜回去之色吧，他便说什么“要是非得要我留下那我便留下好了”，但我还真没那么想。于是之后去信写道：

月出山边岫，奈何空度难驻留，穹天寄心忧。

他答道：

心既穹天驻，月影水底映照处，且赴君宅路。

就这样，之后便来了台风，他便隔了两天才来。之后我去信说：“前些天的风那么大，换了正常人，早就该来看看了。”他应该也觉得我说的有道理，但依然若无其事地写道：

落木虽已零，言之既出必有行，今日自有情[1]。

他既然这么说，我便回信答道：

落木若有情，勿须东风自有行，岂待尽凋零？

看到我这么写了，他又回道：

此番既有行，东风若有切切情，哪堪得虚名[2]？

1　日语中“树叶”与“言辞”同音，此处为“挂词”技法。

2　兼家以东风暗喻作者，把自己迟迟不来的理由归结于作者对自己的冷淡。

我一听，也不示弱，又回信写道：

若惜落木零，若重曾几一诺情，今夜何不停[1]？

这下，连他也得承认我说的有理。

1 作者质问兼家，既然声称自己有情有义，今夜何不留宿此处。

二十二 雨夜新晨

又到了十月，留下一句“这次真的是有不得不去的要事”，他便要离开，虽说还没到秋雨的季节，天上却也下起大雨，尽管天气不好，他还是走了。心中难过不舍之余，吟出和歌一首：

君去实有因，此番夜阑又新晨，长雨不留人？

话虽这么说，那一位硬是离开了。怎么会有这种人呢？

二十三 情敌失宠

就在这段时间里，自从那不可一世的女人[1]生下孩子后，丈夫对她的态度却越发冷淡，而我的私心则是，希望她的命能硬一些，这样才能活下去，好把我体会过的痛苦都体会一遍。结果，她诞下的孩子居然夭折了。据说那个女人也算是个皇孙，父亲是位不得势的皇子，也就是有个不值一提的身份。只是近来人们都不怎么知道内情，所以才大惊小怪罢了。如今成了这样，不知她现在心中作何感想。我如果现在为她叹息，也不免有些多余，想到这里，曾经的种种也有些释怀。据说丈夫他现在总是频繁出入另一个地方，因此，我这里也和原先一样，有时才会来，对此我虽然颇有不满，但聊以慰藉的是，家中的幼子已经会开口说点只言片语了。每次他离开之前说的那句“我很快就来”，也被儿子给学会了。

1　这里指家住町小路的女人。

二十四 长歌赠答

就这样，世间的一切也并没有让我得到多少慰藉，叹息中，机灵的人也会夸我，说什么“您还能有心思叹息，那说明心境还是年轻的”。就这样，我一有话要倾诉，他的态度就变得十分冷淡，“难道是我的错吗？”，一点也不愧疚，觉得自己一点罪过也没有。对此，我束手无策，心中虽有万般感慨，却不知该如何一点一点说出来，时常心境凌乱。胸中虽翻腾着怨气，嘴上却不知如何言表。

于是我便想把这些都写下来给他看看：

思遍昔与今，伤情欲尽徒劳心，

叶染秋欲渐，薄言色褪君心变，

叹罢人已离，枯木树下自喟息，

冬来远行人，白云一去惜父身，

长雨今初来，潇潇连月阴不开，

泪落伤情日，愿无霜重恩薄时，

君虽闻此言，去日未疏幸已远，
云腾远渡前，心空落寞又经年，
秋雾横已绝，归雁连绵思旧阙，
世间生无益，此番心痛兼首疾，
情薄似蝉翼，心惊失意泪河急，
恸哭自心潮，孽障重叠自难消，
欲离还复止，忧似湍流急如此，
浮生水上沤[1]，唯见须臾生灭收，
陆奥但可悲，踯躅山[2]外待父归，
只盼且还早，杜鹃花将马鞭草，
阿武隈川[3]畔，唯恐难期父归还，
思愿难遂叹，长泪纵横袖未沾，
尘世绝欲断，且问何故如此番？
忖度又思量，今生再逢或无望，
虽曾有此念，尘缘未尽或可恋，
每念捣衣人，已成追忆昔日恩，
尘世此惘然，相思无益胡不断？

1 此处疑似化用白居易《想东游五十韵》中“幻世春来梦，浮生水上沤”，故译作原典。

2 踯躅山为陆奥地名，此处为“歌枕”技法。踯躅亦有杜鹃花之意，此处亦为“挂词”技法。原文为假名书写，因此原文应没有汉语“踯躅”一词徘徊犹豫之意。

3 亦为陆奥地名。

覃思复泪潸，尘劫枕侧积如山，

独眠夜无数，与君何故竟殊途？

思罢大风起，�云终日慰归期，

待君在闺中，期诺久恒似苍松。

咿呀学语童，效言速来去绝踪[1]，

每闻身憔悴，泪海泛滥辛酸味，

于焉可采藻？于何再见君容貌？

御津浦[2]无贝，思君何益无人慰，

曾言契阔依，心托君矣竟迷离！

海上生白浪，愿君来问勿相忘。

写完后我便将信放在了双层架上。

和往常一样，他隔了一阵子才来我家。这次我则迟迟没有出来迎接，等到不耐烦后，他只好拿着信件回去了。

于是乎，就有了下面这段回信：

红叶初折后，虽言意迁难如旧，

吾心匪罔极，逢秋不厌无转移，

枯木下可叹，寒叶虽落言未残，

经霜叶愈红，深镌一诺岂作空，

可待唯翠松，爱子心切与君同[3]，

骏河田子浦，有浪虽欲近岸涂，

1 此句指前文中，作者与兼家所生的道纲模仿父亲说“不久便来”一事。

2 位于滋贺县大津市的地名，琵琶湖畔。琵琶湖古称淡海，以此联想出“贝”。

3 此句指兼家亦很欣喜道纲模仿父亲说话的场面。

富士山麓边，孰料腾起妒火烟[1]。
朝云附巫山，心韧如丝岂轻断，
君闺既常访，无奈流言多中伤[2]，
鹞鹰虽有翎，何枝可栖诉衷情[3]，
遂且归旧窠，又飞欲访情不得，
孤卧被衾床，惊起夜半月凄凉，
木户难流光，秋树漏影不见长[4]，
君心业已疏，此夜与孰不可曙？
何孽如此重，竟致如今难相逢，
另可托高明，人非木石皆有情[5]，
浦边文殊兰，心隔千层泪潸潸，
衣湿心火燃，香笼熏目涕始干，
如今道何益？马放南山归无计[6]，
子应知其父，甲斐国里宿见牧[7]，
羌挽君心冷，且听为父舐犊声[8]。

1　此处指前文中作者邻居所咏和歌中作者吃醋发怒的情形。

2　此处指前文中作者身边下人们的议论。

3　这里指兼家说除了作者自己没有真正可以亲近的女性。

4　此处指前文中作者未给来访的兼家开门一事。

5　根据学术界定论，此句化用白居易《李夫人》中“人非木石皆有情”一句，因此直接译为白居易原诗。

6　此处以烈马暗喻作者。

7　此句是为大和朝廷养马的马场，地名。

8　兼家此句意为，看在孩子道纲的面子上，以求得作者的原谅。

我便又回了信交给送信的。

爱亲既已弃，陆奥驹马今何益，而今从何计？

也不知他作何感想，就来了回信：

虽为尾驳[1]驹，吾心岂似马不屈，仍往君闺居。

我便回信道：

君来或不愿，驹马虽已为君厌，口中尚存衔。

他又回信道：

白河关已塞，策马欲度今须勒，一延数日隔[2]。

---

1 地名，为盛产烈马之地。

2 此歌以白河关暗喻作者对兼家冷漠的态度，以致原本已经想要到访的兼家耽搁不能前往。

二十五 七夕

一日，他来信道:“后天可与你见面。”当时是七月五日，正值因辟邪而闭门不出的日子，我便如此回复了他的来信:

两星有心渡，银汉七夕相逢路，怎堪寄朝暮?

大概他也觉得我说的的确有道理，这之后的日子里，他放在我身上的心思也变多了。

二十六 闲官

那不可一世的地方[1]，面对丈夫的日益疏远，正绞尽脑汁地想要挽回他的青睐，一听说这事，我的心中就一阵舒适。从前就不如意的夫妻关系事到如今也没有什么办法，即便是痛苦难忍，那也只能归咎于前世的罪孽了。日子就在这万般心碎中一天天度过。丈夫在担任了多年的少纳言[2]一职后，官位升上了四位[3]，因此也就暂时不再升殿[4]，之后他便被任命为某个部门的大辅[5]，生

1 这里指町小路。

2 相当于唐代官职给事中。朝廷中协助天皇处理日常政务的官职。

3 平安时代的官阶从八至一，由低到高，每位分正位与从位，从八位下另设有大初位与少初位，共十八级。

4 升殿是指允许官员进入天皇寝宫清凉殿的特权，一般官位三位以上以及少数三位以下担任特定职务的官员拥有此项特权，兼家于天历十年（956）担任少纳言，因此获得升殿的资格；此时改任兵部大辅，虽官级有所上升，却因职务性质的变化而暂时失去了升殿的资格。此时的兼家应理解为正处于仕途不顺的阶段。

5 此处指兵部大辅，大辅为朝廷中央机构八省的次官。

活也就变得更加无聊，丈夫除了到处留宿以外，也不再有什么机会出门了，因此，也就有时候能在我这里住上个两三天。

不久，从那差强人意的衙署中，送来了亲王[1]的信件：

乱丝捻作束，与君共事在一处，缺勤为何故？

于是丈夫回复[2]：

捻丝无限悲，君我沦落何由催，线断心已灰。

于是又来了回信：

夏缟实有理，流连二妾与三妻，不觉光阴疾[3]。

于是便回信：

七斤夏缟长，得闲妻室有七房，二三岂足忙。

之后，亲王回信说：

君我此一番，素缟如何无悲欢？此情应可断[4]。

“妻妾二三人的确是太少了些，我的玩笑有些开过了，就此打住吧。”

于是便听丈夫回复道：

捻线机杼啾，男女世间历若久，契阔恒难留[5]。

---

1 章明亲王，醍醐天皇皇子，此时任兵部卿，是兼家在兵部的上司。

2 关于此处一连串以兼家名义写成的和歌，有一种观点认为，实际上有可能是兼家留宿作者家中时作者为其代笔，故意将自己情感生活上的不满与讽刺咏入了这一连串的和歌中。

3 章明亲王以此歌猜测兼家不去办公是由于流连家室。

4 章明亲王将自己比喻成女性咏出的诙谐之意。兼家如此好色，若我是女性便应与你断绝来往了。

5 兼家揶揄世间本无长久的男女之情。

二十七　长雨时节

这时，日子就到了五月二十几日，接下来的四十五天，便到了需要避开不吉方位的时候。父亲远在地方任职，我便前往他在京城的宅邸[1]辟邪，而在此期间，时间正值六月，雨下个不停，大家也都无法出门，父亲的宅邸有些年久失修，因此家中总是因漏雨而狼狈不堪，而丈夫与亲王的通信，也在此时变得更加戏谑了。

长雨将开迟，遥看君忙有趣时，是我无聊日。

丈夫回信：

何处无长雨，君有怡情自得趣，旧人[2]难闲居。

于是，亲王便回信道："你难道不清闲吗？"

雨中骚然时，世间情路暂绝日，谁人衣不湿？

1　相传在一条堀川。

2　指兼家自身。

丈夫则回信：

世间雨潺潺，多情似君今皆断，长泪应难干。

亲王回信：

沾泪应是君，我无家室到如今，对情是一心[1]。

“这位亲王还真是奇怪啊！”与丈夫一起读信时，他感叹道。

1 此一系列和歌赠答表面上是亲王调侃兼家多情。实际可能暗含作者借他人之口讽刺丈夫兼家的多情。

二十八 意外来信

有一天雨停，丈夫去了往常的地方[1]，不在家中，这时正巧来了封信。虽然言明了丈夫不在此处，但信使说，请您不妨打开看看。于是我便打开了信件，上面写着：

石竹生篱下，足慰我心是此花，知否问君家。

“虽说如此，但应是没什么用，因此我还是放弃吧。”

两天过后，见到了丈夫的面，于是便告诉了他信件与事情的原委，他说，现在时间已经过去了那么久，也就不便回信了。于是丈夫便假装不知亲王有过来信，又给亲王去信道：“近日为何不见您的来信呢？”于是亲王便回信说：

水涨浦愈深，千鸟无心踏渚痕，去信读无人？

“说我不来信，那真是错怪了我，上次你信中说要来我这里，是真的吗？”

---

1 此处应理解为时姬那里。

字是用女假名[1]写成的，这下回信得要用男假名[2]了，这可着实让我费了一番苦心：

君信浦中藏，欲读只待潮落涨，而今徒心伤[3]。

于是亲王又回：

浦中虽有信，文中本无似海心，潮干可渡津。

“上次的信里也没写些什么大不了的深意，是不是有什么误会呢[4]。”

---

1 平假名的前身，主要以一些固定的汉字为字母，由汉字的草书体演化而来的假名，一般为女性使用。

2 一般语境下指汉字。这里指万叶假名向草假名演化时的一种过渡产物，一般为男性使用。亲王的来信用女假名扮演了女性角色，为不失礼，作者只得用男假名替丈夫回信。

3 找借口辩解说亲王来信已经被妻子丢失，丈夫兼家并未看到。

4 该段落中出现的亲王赠答歌意图不明，自古是本作品中较为难以理解的一段。一说，亲王对作者有意，趁丈夫兼家不在时去信试探。存疑。

二十九 七月

就这样，六月晦的祓禊辟邪[1]过后，很快便要到七夕，为辟邪而闭门不出的四十多天也即将要结束。而这段日子身体却非常不适，咳嗽得厉害，担心是邪气作祟，便决心进行加持祈祷来除魔，父亲的宅邸不够宽敞，加之正值天气尚且炎热的时节，于是便登山去了常去的寺[2]里。到了十五六日前后，就是盂兰盆节的时间了。看着人们平时见不到的稀奇样子，有的背着供品，有的头顶着供品，陆陆续续，迅速集中到寺里来。和丈夫一起看着这些信众，既赞叹，又觉得有趣。就这样，在安稳的心情中，辟邪的日子结束后，便回到了京城。之后，秋冬也就白白地过去了。

---

1 “祓”是平安贵族的一种习俗，每年六月三十日进行的，以祛除半年积攒的污秽为目的的宗教活动。同类型的宗教活动中，一般定期举行的称为“祓”，不定期临时进行的称为“禊”。

2 京都西北鸣泷地区的般若寺。

三十 禊日[1]

第二年，一切平安无事。丈夫有时会一反常态地对我上起心来，一切都岁月静好。这个月初开始，丈夫去年失去的升殿资格也得到了恢复[2]。

禊日[3]，亲王备车来信说："若方便一同去观赏禊日的活动，就请上车。"信的边角上还写着些什么：

"我龄……（以下散佚）[4]"

亲王不在宅邸，猜想会不会是在町小路，于是前去寻找，果不其然，使者回话说亲王的确在此。便借了笔墨，如是写道：

姗姗春来时，今在町南本不知，急来见君迟。

于是便与亲王一同出发了。

---

1 以下段落，作者是否与兼家同行前往，尚无定论，一说此段为作者记录兼家的转述，一说此段为作者亲身经历。存疑。

2 兼家于应和三年（963）正月初三恢复了升殿的特权。

3 应和三年的禊日为四月十三日。

4 此处原文已散佚。

三十一 芒草之约

禊日过后，有一次去亲王宅邸拜访。到达之后，发现去年曾经看过的花卉今年也魅力依然，芒草花一丛丛开得茂盛，一株株看起来都很精致，忍不住向亲王恳请道："您若愿意将花挖出来，能否分我一些呢？"

过了一些时日，我与丈夫一同前去鸭川河原一带，他介绍说，这里便是亲王的宅邸。于是遣人进去打声招呼："今日路过宅邸，本想进去请安，但因为还带着别人所以不太方便，就此失礼了，前几日的芒草之事还劳烦您多费心。"之后便离开了。出门是为一次不算太大的祓禊，很快就回到了家中。一回来，下人便禀告说亲王送来了芒草，看了看，长匣中整齐地摆放着掘出的芒草，都用蓝绿色的纸张裹好了。上面写道：

芒草宅中开，孰料招引行人来，赠花心自哀。

亲王的和歌写得很有意思，但我回信的歌不怎么样，甚至都忘了是什么。就略去不记吧。虽说如此，但之前文中记录下的和歌也不是说都写得很好。

《画本虫撰 < 赤蜻蜓 >< 蝗虫 >》，喜多川歌麿 绘

三十二　初蝉

春去夏来的时节，感觉丈夫晚上在宫中值夜的日子增多了，早晨来我这里，待上一天，然后天一黑便出门了，这令我觉得十分可疑。而就在这段时间，已经可以听见初蝉的鸣叫，不觉感叹时间的流逝。

夜晚行踪迷，不知何往实可疑，日暮蝉鸣急。

丈夫看到此歌，也就收敛了一些。就这样，此后的日子岁月静好，丈夫的心也一直在我身上，并没有怠慢。

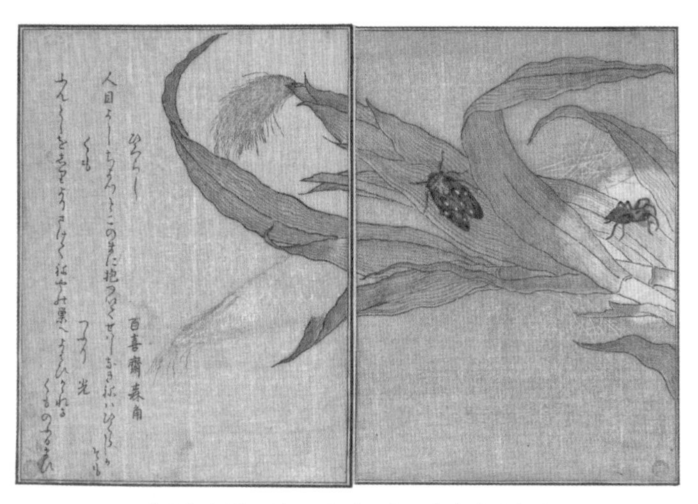

《画本虫撰<蜩><蜘蛛>》，喜多川歌麿 绘

三十三 月夜

月夜时分，想起了月下不应长谈的忌讳[1]，以及会招致不吉利的后果，因此不由得想起了曾经与他那无话不说的亲密时代，顿觉心中不快，便咏和歌：

此身去何方，碧月笼云焉处藏，不辨孰更惘。

结果他的回信却是个敷衍的玩笑：

推度且思量，当知月行将西往，君应归我房。

虽说从回信的意思来看，丈夫还算靠得住，但丈夫心中的那个唯一的家，应该并不是我这里，而是另有他处，真是没有料想到事情会变成这样。为了在朝堂上得势的丈夫的将来，我这种和他结婚多年的人，本应为他多生养些儿女，现在却不能如愿，此番悲哀，百感交集。

---

1 日本人从古代便存有一种对月亮的忌讳，平安时代，贵族们对月亮的禁忌由于对白居易诗《赠内》中“莫对月明思往事”一句的误读而更加流行。

三十四 母亲的死

话虽如此，但是只要母亲还在世，一切都还能有所慰藉。母亲久病，在这年初秋的时候撒手人寰，悲痛使我无所适从，这滋味比世间常人所体会过的都要难受。身边众多的亲人里，只有我伤心最甚，只想随了母亲同去，想到这里，心中便愈加迷乱。不知为何，总有种手脚被什么束缚住的无力感，悲痛欲绝。话虽如此，丈夫人在京中，我还有许多嘱咐和事情要交代给他，为了给母亲加持祈祷，我便随母亲来到山寺中，却遭遇这样的事，今已如此，便将幼子叫至身边，简短地嘱咐了几句："我可能也活不长久了，希望你告诉你的父亲，说请他无论如何也不要管我的死活了，我母亲身后之事，既然其他的人都到场了，那请他更要前来悼念一下吧。"说罢只是感叹这下可如何是好，其余的话却什么也说不出来，患病多年最终撒手人寰的母亲，现在怎么不舍也都没有了意义，而前来吊唁的人则是陆续不断，我则只是一味地哭喊着"怎么办，为什么会这样？"，许多人也为我动容，大哭起来。我虽已说不出话来，心智却还尚存，眼睛也能看得清。疼爱我的父亲[1]走了过来，对我说道：“父母二人中还有我在呢，何必如此悲伤。”勉强喝了些汤药，慢慢服用，身体也就恢复了一些。然而，虽说如此，却仍感觉不到活下去的新动力，这大概是因为，看见母亲生病后，去世前，总是什么事情也不说，只是昼夜不停地叹息，活在人世间是如此无常，想起她曾说过“真可怜！你今后可该如何是好？”。一想起母亲弥留之际说出的话语，不禁感叹人心竟然能悲痛至此。

丈夫听说母亲去世的消息后便赶来了。我精神依旧恍惚，所以身边的人跟丈夫说明了母亲去世前后的来龙去脉，丈夫也不由得痛哭了起来。看到他丝毫没有忌讳丧事而嫌弃的意思，即便旁人一边说道“这可使不得！”，一边阻止他靠近。于是他便站着探望了我[2]，想着他那段时间的样子，让我感觉到了他的爱的真切。

就这样，忙忙碌碌中，很多人都为母亲尽了一份心，一切就都料理妥当了。大家都聚在这凄凉的山寺中，沉默不语。夜里，无法合眼，只得在叹息中熬到天亮，望着山峦，看着雾气完全笼罩住山麓一带。想着就算回了京都，也不知该寄身何处，虽也真的有就死在这里的心，但若真如此，我那可怜的儿子可如何是好。

---

1 父亲伦宁应已从外地回来。

2 平安时代贵族对丧事以及孕妇分娩都有严格的忌讳。而站着不入座则为一种避免忌讳的折中办法。

就这样，日子到了十几日，听着僧人们念经之余的谈话，说是有个地方可以清楚地看到逝者魂魄的样子，只是，一旦接近的话，魂魄的样子就会消失不见，只能远远地观望。那么究竟是什么地方呢？听说是一座叫耳乐[1]的岛，听着僧人们你一言我一语，我便越发好奇，以至于心中又不由得悲伤起来，于是咏出和歌：

亡母魂在杳，不负其名耳乐岛，愿闻欲知晓。

说着，我的兄弟听到这首和歌，便也哭着写了一首：

寻人魂魄杳，只闻其名耳乐岛，何处不知晓。

而在这段日子里，丈夫总是经常前来探望，天天写信慰问我，但我没什么心思回复他，只是因为丧事的诸多忌讳而焦虑不安。他给我的来信有时甚至频繁到令我心烦，但因为那时的我，什么事都记不住，因此他写了些什么我也都给忘了。

1　原文みみらくのしま，应指今长崎县三井乐岛。地名发音前半谐音日语"耳"一词，引发作者以下和歌中的联想，因此此处取谐音"耳乐"而不取现代地名"三井乐"为译名。

三十五 回家

虽然并不着急要回家，但也不能太由着性子，今日便是大家决定离开寺里的日子。想到来时，母亲卧在我膝上，想着为了让母亲安生一些，我辛苦得身上也出了汗，当时心想到了寺里，有了加持祈祷母亲的身体便应该没问题了，还觉得心里有了底。而如今，心中却因母亲的去世而彻底地平静了，路途上，乘车时的心境，甚至放松到让人有些惊愕，但同时也夹杂着强烈的悲伤。下车看到家中的情景，又是一阵莫名的悲伤。和母亲一起下到庭院里，精心种下的花草，自从母亲患病以来，便也撒手不顾，没时间来打理，而如今草也茂盛如盖，花也绚烂地盛开了。专门供养母亲的法事，都由众人各自操心，所以我也就只是浑浑噩噩，嘴里只是念叨着“芒草丛中虫哀鸣”[1]。

未曾因花忙，花已自开人已亡，唯露寄断肠。

1 《古今和歌集》中的古歌的一句。原歌为悼亡之作。

只记得咏出了这首和歌。

由于来参加法事的人里并没有在宫中侍奉天皇的人，因此也就不必特地避讳些什么，只是用屏风把房间隔成一块一块的供来客使用，而这其中，似乎只有我没有因悲伤而失态，直到夜里，听见了诵经声，便再也坚持不住，一哭就哭到了天亮。母亲四十九日的那天，该来的人一个也不缺，都到家里来了。由于丈夫也来吊唁了母亲，因此来的人也就更多了。为了显示供养母亲的诚心，我便开始描佛，而法事的日子一过，大家也就各自散了，因此我也就又回到了孤单而束手无策的日子，丈夫念我一个人形单影只，来我这里的次数也变得更频繁了。

三十六 袈裟

记得当时去寺里的时候，慌乱之中，把家里弄得凌乱不堪，现在回到家了，便开始茫然地收拾，看着母亲曾经用过的日常用具，以及她生前写好的书信，心中悲痛欲绝。母亲病情危笃后受戒的那一天[1]，就是在这里披上了高僧的袈裟，而不久后便就这样撒手人寰了。如今我才想起这件混杂在其他的东西里的袈裟，便想起要还回去，于是就早早起床，刚一在纸上写出“这件袈裟”几个字，我的泪水就忍不住落下。“多亏这件袈裟，母亲才能往生净土。”

往生袈裟披，莲叶露珠似玉滴，今晨泪滋衣。

另外，这件袈裟的主人，他的兄长也是一位僧人，于是我便想着请他也来做祈祷法事，然而，他的兄长却在此时突然圆寂了。他的弟弟此时应是什么样的心情呢？连我都觉得惋

---

1 当时有病重之人受戒后可以得到佛的庇佑而痊愈的信仰。

惜，想着他世上可以依靠的人仅此一位，心里也跟着担心迷乱了起来，于是便时常前去探望他。他的兄长原本在云林院出家，四十九日的法事后，我便送去了一首和歌。

孰料须臾间，一弃云林去无边，化作空里烟。

而我心中的悲伤也就如同那烟云一般，只得寄托于山野之间了。

三十七 母亲的周年

秋冬也无端逝去，同一个屋檐下，现在只剩下兄弟一人与叔母一位。虽说叔母就如同我的母亲一般，但我仍旧是怀念着过去母亲尚在的光景，每日以泪洗面，直至天明。就这样，新年来到，春夏也很快过去，如今到了母亲一周年的法事了，而唯独这次法事，要在母亲逝世的那座山寺中举行。回想起了当时的种种，历历在目，便又越发悲伤难过了起来。主持法事的僧人一开始就说："这次大家来，并不只为欣赏山里的秋景，而更是为让大家在这故人瞑目之地，领悟佛法的真谛。"仅仅是听到这些话，我便开始悲伤得恍惚起来，之后的一切也就都不记得了。该尽的法事都尽了，之后便下山回京。脱下深灰色的孝服，连用的扇子都要一并祓除污秽，记得当时咏和歌一首：

岸边浣藤衫[1]，相较穿时泪更潸，心悲似水湍。

1 此处指丧服。

由于当时哭得很厉害，这首歌也就没有给别人看。

母亲的周年忌结束后，日子也回到了从前的索然无味，操起琴来，拂去灰尘，也谈不上是演奏，只能说是乱抓一气。服丧的日子虽已结束，但心情依旧是悲痛伤感而徒然的，就在这思前想后时，叔母咏给我一首和歌：

世事已如今，听君伤怀且抚琴，犹闻往昔音。

看到此歌，虽并没有写什么特别催人泪下的事情，但一联想到母亲故去之事，便哭得越发厉害了。回信道：

人去魂归迟，弦断命绝去年时，今岁又忌日。

三十八　姐姐的远行

在这期间，亲人中我最亲近的姐姐因为有事，本应这个夏天就出门远行[1]，但因为母亲的丧期尚未结束，因此也就拖延到如今才准备动身。一想到这件事，心中便感到无可救药的寂寥孤单。很快便是姐姐出发的日子，于是便前往姐姐家为她送行，准备了一些衣物，又备了一些还算过得去的饯礼，装进一套砚箱中。此时，姐姐家中已是喧嚣一片，而这其中只有我和姐姐对坐相看泪眼，无语凝噎。旁人则是各种劝说道："何至于如此悲伤？""还请您多加忍耐吧！""出门最忌讳掉眼泪啊！"此后，目送姐姐上车的过程，也是摧心断肠般令人心痛。就在这时，不巧丈夫已经到了我家，正唤我赶紧回去。于是只得移车相近，远行人身穿靛紫色的小袍，送行人身着如同落叶般赭黄的薄衫，姐妹二人各自脱下了身着的衣裳，互换后，就此匆匆

1　应是随丈夫去地方赴任。

别过了。日子正值九月中旬，哪怕是丈夫来我家的时候，我也依然照哭不误[1]，他便抱怨道："何至于如此，怪吓人的。"

想到姐姐估计这两天就该走出了逢坂，晚上的月色也就显得格外凄凉，远眺沉思，发觉叔母尚未就寝，正弹琴吟唱和歌道：

琴铭曰朽目[2]，逢坂难阻远行处，泪落险关路。

此歌此情竟正好暗合我现在的心绪，于是便回道：

心寄逢坂山，闻君抚琴思险关，双袖泪难干。

就在对姐姐远行的牵挂中，这一年也就结束了。

---

1 九月正是秋雨的季节，此处暗示泪水如秋雨一般连绵。

2 日本琴的一种。

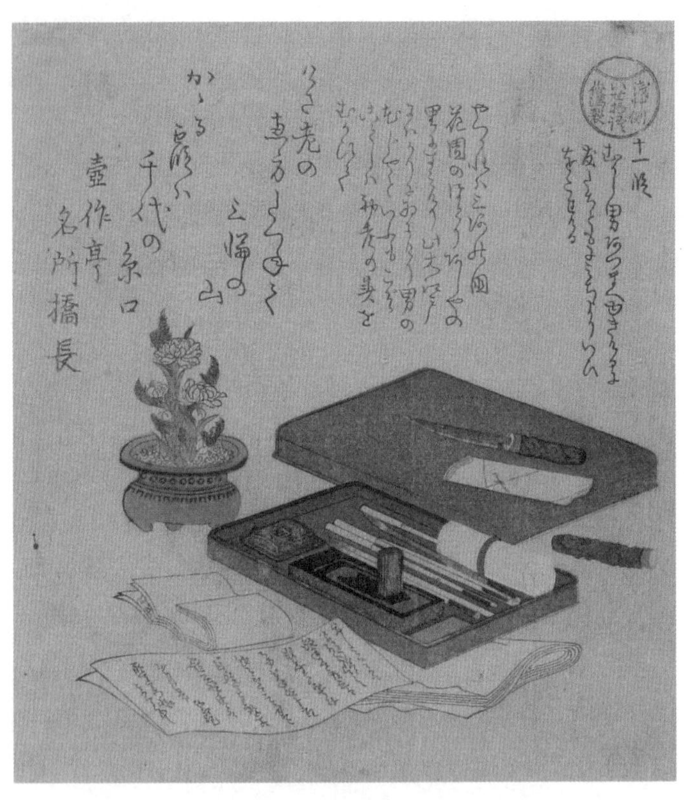

《<伊势物语>第十一段》，窪俊满 绘

三十九　生人死别

到了第二年三月左右，有一次，丈夫在我家中时，突然感到身体不适，看着他十分痛苦的样子，我也慌了阵脚。丈夫对我说道：“尽管我想一直住在你这里，但是不管怎么样，以现在的身体状况恐怕真是不方便了，所以，我想着还是回我家休养，尽人事听天命吧。你可休要觉得我薄情，我预感自己已经可能没有多少时日了，心里万分悲痛。啊啊！就这样死去，也没有留下什么值得回忆的事情，那真是太悲哀了。”看见他哭泣的样子，我也开始迷茫无助起来，看见我也跟着大哭起来，他又说道：“你别哭了，你一哭，我的心里也就更加难过，但真正让我感到悲哀的是，还一点心理准备都没有，便要如此与你长辞了。你今后有什么打算呢？估计应该是不会一直守寡的，话是这么说，但是，我的丧期没结束前，还是请你不要另寻新欢。就算我侥幸没有死，那也是苟延残喘保住一条命，估计再也无法来看你了。我要是神志还能清晰，无论如何，无论如何也会来找你的。我若就此死去，那么如今便是今生今世的最后一面了。”丈夫痛苦地横躺着，边哭边说，又把家里的下人们都唤了过来，说道：“你们知道我是多么牵挂你们家主人吗？要是就这样死了，那就再也见不到了，一想到这个，我心里才特别难受。”说罢，满屋人都声泪俱下，而我本人更是泣不成声。而就这么一会儿工夫，丈夫的病情越来越重，车已备好，便将他搀扶起来，倚着人，丈夫才勉强上了车。他极力看向我这边，目不转睛地盯着我，看起来不知有多么可怜，即将送他离去，我心中也别提有多么悲伤了。家中的兄弟见状便开口说道：“怎么了？这可不吉利，好像是发生了什么不得了的事情似的，快上车吧！”然后兄弟也坐上了车，怀抱着丈夫离开了。此后，心中的牵挂担心自是难以言表，一天给他送去两三封信，频繁到可能都会惹人心烦，但除此之外，我又能怎么办呢。代笔回信的是对面一位年长的侍女：“只听主人说，他因没法亲自回信这件事，感到十分难过。”听说病情比走的时候更加严重了，丈夫临行前所言不虚。自己没法前去探病，不知所措，只能在哀叹中度过了十几天的时间。

四十 暗渡探病

每日念经拜佛祈祷，丈夫的病情看来稍稍有了些好转，果不其然，他自己动笔给我回了信："着实是奇怪，一天天过去，病情也没有好转，可能是因为以前没有这么病重过，心中实在是不安。"上面这些都是谎话，我猜他是趁着周围没人的时候，才零零碎碎地把它写下来的："精神感觉好多了，请你不要让别人知道，晚上到我这里来吧！上次一别已经过了很久了。"他虽这么说，我则得考虑别人会怎么想，但毕竟我也是十分担心他，况且他三番五次地催促我，没办法，只得让他派车来接我了。丈夫那边找了一处离宅邸正殿比较远的走廊上的小房间，精心地给收拾了出来，丈夫则躺在房间里靠近门口的地方。我让人把灯熄灭，从黑暗中偷偷下了车，伸手不见五指，我也不知该从哪里进去。"怎么了？在这里呀！"他牵着我的手带我进了房间，"怎么来了这么久？"便和往常一样，断断续续地说了一些近日的情况。"点上灯吧，太暗了，你就别担心了。"于是我就在屏风的后面稍微点上了一盏微弱的灯。“祈祷斋戒之后我还没吃鱼呢[1]，既然今晚你来了，那就一起用吧，快，来吧！”他说罢，下人便端来了饭菜。稍微吃了一些之后，禅师们就来了，准备天亮之后，给丈夫念陀罗尼加持。“今天休息，就免了吧，我比平时感觉好多了。”领头的高僧回道：“看起来的确如此。”便离开了。

不一会儿，天就亮了，我便说道：“叫人来吧。”他却说：“干什么？外面还暗着呢，再留一会儿吧。”说着说着，天已大亮，他唤男佣人来，把窗棂子取了下来。“你看！这花草种得如何呀？”他一边说一边眺望着屋子外面，我便急忙说：“都到了引人耳目的时辰了。”他却说道：“怎么了？先吃点粥吧。”又说着说着，就已经到了上午。“哎呀，要不我跟你一起回去吧，估计你不会再想来这里了。”听到他的话，我急忙说：“我就这么来了你家，被知道的话，就已经不知别人会怎么想了，要是再让你一起走的话，别人还以为我是来特地接你的呢，那还成何体统[2]？”于是丈夫只好让步：“既然如此，来几个男佣人，备车吧。”车来了，他不舍地把我送到了乘车的地方，看着特别动情，于是便问他：“什么时候到我那里去？”说着，我泪水就掉了下来。“感觉心里空空的，我明后天就过去吧。”丈夫说道。这一幕，真是小别胜新婚，着实让人深感重逢后的意犹未尽。

---

1 当时有祈祷斋戒结束后吃鱼的习俗。

2 走婚制度下，作为侧室的作者偷偷来丈夫家中探病在当时应被视作离经叛道的行为。

佣人把车牵出来，套在牛身上的一会儿工夫，我看见他又回到了昨夜的小屋子里，含情脉脉望着我这边，我回首看着他的身影，车也渐行渐远。

很快，中午时分，他便来了信，信上写着：

悲切未可知，若较生人死别时，犹不胜今日[1]。

于是便回信说：“你现在身体应该还是不舒服，所以依然很担心你。”

君悲吾亦多，乌笼浦[2]上难安卧，归路如乘波。

但两三天后，丈夫还是撑着没有完全康复的身子来找我了。不久，丈夫的身体终于痊愈，来往也就恢复了往常的频率。

---

1 兼家歌意为，因病与作者生人作死别时的悲伤还不及今日一别。

2 位于滋贺县的歌枕，与日语“床”一词同音，提示作者与丈夫兼家共寝一夜。

四十一 贺茂祭

这时，时间便到了四月，已是出门观看茂祭[1]的日子了。那边的那一位[2]也来了。眼见果真如此，便把车停在了对面。等待游行队伍的时间实在是无聊，于是作歌一首，配上橘子锦葵一起，呈送了过去，上面写道：

青青葵与枳，相见怎作不相识？

许久，对面回信道：

有桂兮可知？晓君情薄是今日[3]。

身边的人读罢便议论道："若是有恨，那也应当不是一天两

1　即葵祭，至今仍在举办的京都三大祭典（葵祭、祇园祭、时代祭）之中历史最悠久的祭典，在每年农历的四月酉日举行。可以观赏游行队伍。

2　此处应指时姬。

3　此处的形式为"连歌"，即作者咏出上句575，时姬跟随咏出下句77，其中，在日语中"葵"与"相逢"谐音，"橘"与"站立"谐音，"薄情"与"桂"谐音。此回复意为，装作不认识的人不是我，而是你才对吧。时姬与作者相互调侃对方为何不来打招呼。

天，有些时日了，为什么要特地说是‘今天’呢？”回到家，便把今日的事情告诉了丈夫，他竟觉得挺有意思，问我说：“她没有回什么‘欲将都食尽！’之类的话吧？”

四十二　五月五

今年天皇陛下决定要举办五月五的节会[1]，好不热闹，想着前去参观热闹热闹，却发现早已没了地方。不经意间听见丈夫说起，要是想去看的话就如何如何，说着便要和我玩双六[2]一决胜负，于是我便顺水推舟说："那就把观赏端午的坐席当作赌注如何？"于是我便赢了。兴高采烈地准备去参加节日的事情后，就已经到了晚上，夜深人静，便拿出笔砚，挥毫写道：

五月菖蒲草，拔根数来知多少，难待节尚早。

信就这么给他送过去后，他嘴角一阵微笑，回信说道：

1　与中国的端午节同为农历五月五日，但日本的风俗与中国祭祀屈原的习俗稍有不同，一般为食用柏饼（一种年糕），或是以菖蒲为簪，插在头发上，以求辟邪。

2　一种赌博游戏。

菖蒲生暗沼，事理[1]谁人知多少？如今盼尚早。

嘴上虽说还早，但他其实一开始就有打算带我去的心，在亲王家的看台隔壁，隔出了两间地方，布置得很好，好让我欣赏节日的盛典。

1 在日语中“菖蒲”与“事理”谐音。此处歌意为，兼家此时尚未准备好观看端午的席位。

四十三　荒宅

就这样，这种表面上看似和谐的夫妇关系，持续了十一二年。虽说如此，但日升日落，每天的日子过得其实还不如世间一般的夫妻，在每日无尽的叹息声中，日子就这样一天天地过去。每日的生活留下的，大多数是丈夫的不来时，夜里感到的冷清寂寞。而如今我赖以维生的父亲，这十余年来，也一直都在地方任官，只是偶尔有机会回京时，可以在四五条一带少住些时日。我家住在左近马场附近，因此相隔甚远，来往不便。而就是这么个地方，也没有一个可以料理日常生活与修缮房屋损毁的人，因此宅子也就日益显得破败了起来。丈夫每次出入我家，我都感到无比悲凉，格外伤感，而他却似乎没有想那么多，仿佛丝毫不在乎，我便因此更加感到百感交集。他说自己公务繁多，难道公务会比这荒宅中丛生的蓬草还繁多吗？就在这怀疑与伤感中，日子便到了八月。

四十四 口角

清闲的日子里，我和丈夫因为一些小事争吵，最后两人都口出恶语，丈夫便动了怒。他走到廊边，把孩子叫了过来，撂下一句“我以后就不来了”便负气离开了。而话音刚落，孩子便大哭着爬了进来。我便慌忙问道：“怎么啦？怎么啦？”而孩子却闭口不答。一猜就是丈夫一定说了什么过分的话，但想到万一真的问出他说的是什么，被旁人听到也不太好，于是便也不再继续追问，就说了些别的来哄了哄孩子。就这样过了五六天，他那边是音信全无，过了该来的日子也不见他露面，我便感觉到有些不对，我原本以为那只是句玩笑话，没想到竟是真的。不过原本夫妻关系就不怎么好，因此隐隐之中觉得，可能什么时候就有这么一刀两断的一天。心中感到孤寂时，四处张望，看见丈夫负气出走那天用过的洗发盆里，还留着那天用的水，上面漂满了灰尘。事情居然成了这样，心中一阵惊诧：

盆中影若在，情绝尚可问将来，水草[1]今如盖。

而就在这一天，丈夫终于出现了。于是一切便又和之前的日子如出一辙了。这种感觉如此惴惴不安，令人心中丝毫难以放松，痛苦不堪。

1　作者以水草比喻水面上的灰尘。灰尘遮盖了水面，因此看不到水中的倒影。

四十五　拜神

日子到了九月。世间也就更平添了几分景色，于是就连我这样虚度光阴的人，也想着要找个地方拜拜神明，换换心情。决定好一切安排后，便掩人耳目，悄悄地去了某个地方[1]。在供奉给神明的绢帛上写下了和歌。首先供奉给下社[2]的绢帛上写的是：

此处若灵验，虽在山下上景显[3]，神迹望得见。

写在中社的是：

悠悠稻荷山，若祈福祉植此杉，长青越年关[4]。

1　根据后文的和歌可知，此处应为京都市伏见区的伏见稻荷大社。

2　伏见稻荷大社中的一座末社（依附于主神社的小神社），分为下社神迹、中社神迹、上社神迹。

3　在日语中“神”与“上”谐音，此处歌意为：此社虽然位于山下，但若灵验，就请让我看见神迹（上面的景色）吧。

4　自古有将稻荷山的杉树移植至自己家中以祈福的习俗。

写在上社的是：

山上诸神家，虽苦坡路劳上下，吾身未荣华。

此后，九月末的一天，我又去了另外一处地方[1]，同样是拜神去了。献给神明的绢帛各备了两份，在敬献给下社的绢帛上写道：

上有塞流堤，下有水中尘芥积，拙心不足期[2]？

还有一首：

神木葱郁高，绢帛垂下结丝绦，勿使我心焦[3]。

另外，在敬献给上社的绢帛上写道：

姗姗更迟迟，只待林间放光时，神明现身日。

另一首：

以带束袖衣，若有一日绝叹息，应知是神迹。

我在神明应该是听不到的地方，低声吟诵了这几首和歌。

秋天结束了，冬天的日子也过得很快，月初月末，一下子就过去了。无论贵贱贫富，年底都是忙碌的日子，而我则经常是孤零零一个人入眠，就这么度过了年关。

---

1 从后文的和歌可知，此处应为今京都市内的下鸭神社（贺茂御祖神社）与上贺茂神社（贺茂别雷神社）。两神社分别位于贺茂川的上下游，其中下鸭神社位于贺茂川与高野川的交汇点，两河交汇后即著名的鸭川。

2 此歌以水流不畅与水中尘芥暗喻作者幸福生活的愿望没有实现，并进而推测神明不让自己如愿，是因为自身心智愚钝，发愿不够虔诚。

3 日本有使用楮树纤维制作的丝带挂在神社中神木上，以祭祀神明的传统，此歌即是吟咏该习俗的作品。

《肥后国：五家庄》，歌川广重 绘

四十六 雁卵

三月底左右，发现了一些雁卵，尝试着如何把它们十枚垒叠在一起，那真是所谓的“危如累卵”[1]，却不知怎么办才好，只得用闲来无事时消遣纺出的绢丝，系成长长的线，再结结实实地把它们一枚枚都绑了起来，提起来试了试，果然绑得很结实，成功垒在了一起。难得有这样的东西，心想与其自己留着，不如献给九条殿下家的女御[2]。于是便顺便准备了些溲疏花一并附上，信上也没写什么特别的，只是平常惯例的措辞，在纸张的边缘写道：“常言道，女思负心人，危如累卵[3]，说的就是这十枚

1 平安文人通过《史记》等文献，熟知了汉语中“累卵”的典故。

2 即作者丈夫兼家的妹妹，藤原怤子。其后入内，成为冷泉天皇的女御。九条殿下是怤子及兼家的父亲——藤原师辅的尊称。女御，天皇高级妃子的称呼，地位仅次于皇后与中宫。

3 《古今和歌六帖》中的一首和歌所言，应在当时贵族女性间广为流传。作者此处利用该歌的意思写成的文字游戏。

卵现在的样子吧。”

于是有回信写道：

十枚数虽足，若较我念君情愫，思多不知数[1]。

我便再回信说：

君心若不晓，孵卵无益空徒劳，殷切情可昭[2]。

此后，我还有所耳闻，听说她特地把这次的雁卵进献给了五亲王家[3]。

---

1 歌意为，作者送来的雁卵虽多，却不及怤子对作者的关怀与心意多。

2 在日语中“卵”与“有益”谐音，“殷切反复”与“孵卵”谐音，此歌的主旨应是丈夫长期不现身时，心中颇有不安的作者隐晦地向婆家身份高贵的妹妹藤原怤子寻求荫蔽恩惠与精神支持。

3 应为村上天皇第五皇子守平亲王，即后来的圆融天皇。

四十七　驾崩

五月很快也到来了。十日刚过的时候，突然向大内里进献了药品，还来不及等到消息传得满城风雨，沸沸扬扬，二十日过后，陛下[1]就这么突然驾崩了。于是乎，太子[2]便随即迅速登基，而在太子府东宫做次官的丈夫[3]，也就顺势当上了藏人头[4]，一下子喧嚣威风了起来。世间虽然是一片悲哀的气氛，但丈夫那里听说却是一派前来祝贺道喜的人们络绎不绝的景象。在答礼谢客之间，虽然也就只是体会到了身边那些达官显贵们平日里习以为常的心情而已，况且这件事对我与丈夫间的关系也没有什么改善，但我依然是感到有哪里和以前彻底变得不太一样了，

1　村上天皇。

2　村上天皇二皇子宪平亲王。

3　兼家于康保四年（967）二月兼任太子宪平亲王东宫的次官。

4　藏人相当于天皇的机要秘书，藏人头即其中实际的长官，为天皇近臣。兼家于当年六月兼任冷泉天皇（宪平亲王）藏人头。

心中骚动不安，难以平静。

听人们议论着先皇的陵寝等等，想着那些深受先皇生前皇恩荫蔽的人们此时心中的悲痛，我也不由得万般嗟叹。日子一天天地过去，我便往贞观殿女御[1]那里，送去了一封慰问的书信：

世间皆虚幻，先皇御灵葬陵山，怎教不哀叹？

回信写得很凄婉：

寄思帝陵前，哀身去日应不远，心已在黄泉。

四十九日的丧期结束后，日子就已经到了七月。记得曾经在殿上侍奉过先皇的兵卫佐[2]，年纪轻轻，也没经历过什么人世间的烦恼，却突然抛弃了父母妻儿，遁入山林，出家当了和尚，使得大家议论纷纷。就在大家唏嘘不已之时，便听说他的妻子也削发为尼了。这件事在我们这些平日里常有通信的伙伴之间，传得沸沸扬扬，大家纷纷吃惊不已。

白云遏深山，夫遁空门此一番，为尼又何堪？

回信的字迹依旧如前，不因出家而变化：

夫君遁深山，欲寻已远在云端，为尼因此番。

---

1 兼家的异母妹妹，藤原登子。村上天皇女御之一，深受村上天皇宠爱。作者此处慰问登子，应是呼应前文中提及的那些深受先皇宠爱的人们。

2 藤原佐理，法号真觉。歌人藤原敦忠（人称枇杷中纳言、土御门中纳言、本院中纳言）之子。此处并非同时代的另一位同名同姓的藤原佐理。后者是藤原敦敏之子，擅长草书，被誉为日本书法的“三迹”之一，是平安时代最重要的书法家之一。按辈分，此处出家的佐理的祖父藤原时与书法家佐理的曾祖父藤原忠平是兄弟，因此二人为远房表叔侄关系。

此歌读罢，心中一阵悲切。

如此世道之下，丈夫也就很快晋升成了中将，之后身份擢拔为了三位[1]。官运亨通，喜事不断的他开口就是“两地分居，多有不便，这样不太好。附近正好空出来个合适的地方。”于是便让我搬了过去。新宅院距离丈夫家近到根本不用车马，可能世人都觉得这下我应该是如愿以偿了。这是那年十一月左右的事情了。

1 此处指从三位。

四十八 新年

十二月末的时候，贞观殿女御，从宫中搬进了我新宅院的西厢房。到了除夕这一天，就尝试了一下追傩的仪式[1]，大白天里，就弄得叮呤哐啷，十分吵闹，滑稽得自己一个人偷笑起来，就这样，天明之后，白天的时间里，家中的贵客那边[2]，也没有什么男性的贵客来访，因此也就十分清闲。我也就一边听着邻居家[3]的喧嚣声，一边开怀大笑地吟诵着古歌“新年待莺啼”[4]，就在此时，身旁的一个下人，为了消遣，织了一个小玩意儿，让木头做的小人偶给挑了起来，看起来就仿佛进贡用的挑担一般，小人偶的腿上，还有一个木头瘤子。将之取来，放在身边，准备了一张纸笺，贴在了小人偶的腿上，上面写上和歌，就送给

1 从古代中国传入的辟邪驱鬼的仪式。

2 指藤原登子。

3 此处应暗指丈夫兼家宅邸。

4 《古今和歌六帖》素性法师歌。

了宅中的那位贵客[1]。

单恋无合欢，犹似腿疾无扁担，山民苦不堪[2]。

如是写道，于是不一会儿，小人偶便被送了回来，扁担上换成了一条条晒干后切短绑在一起的松藻[3]，而小人偶的那条长了瘤子的腿上，竟然又被削出来另一个更大的瘤子。回信上写道：

山民待扁担，腿疾愈重细细观，恋意更盎然[4]。

太阳渐高起，想必对面已经在用膳了，于是想着我们这边也该用了。之后的正月十五日也依照往年的惯例度过了。

---

1 指藤原登子。

2 在日语中“单腿上的瘤”与“单相思”谐音，“相逢之时”与“扁担”谐音。此处是利用谐音而咏出的带有诙谐歌意的“俳谐歌”。与作者对登子的态度并无直接关系。

3 一种可食用的藻类，形似松枝，在日语中谐音“相见”。

4 此歌以腿上的“瘤子变得更大”谐音“恋意的增加”，亦为带有诙谐歌意的“俳谐歌”。

《源三位敕政》，杨洲周延 绘

四十九 三月

又到了三月，有一天，一封似乎是写给家中贵客的信件，被阴差阳错地送到了我这里。拿起一读之后，发现不能坐视不管，假装什么事都没发生。信上写着些什么："虽然想尽快去拜访你，但考虑到我要是去了，肯定有人[1]会吃醋说：'怎么不是来看我的？'"兄妹间平时关系应该就很亲近，所以才能说出这种玩笑话，但我也不甘示弱，在信上写了一行特别小的字：

不来日数多，松山无端起风波，强词竟怨我。

如此写下后，便吩咐人道："拿去交给家中那位贵客吧。"于是便将信件交还了回去。读后马上便来了回信：

近日虽绝踪，松岛波起因随风，兄念君闺中。

1 指作者。

五十 女御入宫

客居我家的这位贵客，对当今的太子[1]而言，就如同是母亲一般，因此应该很快便到了贵客要入宫忙碌、分别的日子。“那就如此，再会了。”话音刚落，却又频频再道“再等会儿吧，再等会儿吧。”最后拖到了晚上。正巧就在此时，宅中另一边传来了丈夫的声音，于是贵客便催促我：“快，快去吧。”看我无动于衷，贵客又道：“我看公子白天就有些困倦，想必是醒了在哭闹吧，快去看看吧。”于是我便搪塞推辞道：“没事，我家孩子，哪怕没有乳母也无妨。”因我迟迟不归，丈夫便走了过来，因他的催促，我也就只好赶紧回去了。而客居家中的贵客，第二天黄昏，才入宫离去。

1 指守平亲王。

五十一　女御有凶梦

五月，先帝的国丧结束之时，贞观殿女御终于从宫中退下，原本是说好和原先一样，到我家中客居，但是说是梦见了不吉之事，因此便改住到丈夫家中。刚才说到，女御的梦中，屡次出现了些不祥之兆，“要是有什么破解的办法就好了”。七月，月明之夜，女御来信说：

既见梦中劫，方知难眠是秋夜，无策实难解。

于是回信：

确如君所言，凶梦不解吾亦怜，许久难相见。

于是女御又回道：

梦中曾相见，朦胧残忆在眼前，觉时仍流连。

我又回道：

寤时难与言，梦中有路相通连，何故竟得见。

于是女御回信问道：“与我难言的究竟何事？唉，但估计也不是什么吉利的事情吧。

君宅咫尺间，竟若隔河不能前，心惘怨无边。”

回信如此，我又回道：

虽近难动身，咫尺竟成天边人，寄心水成文。

于是就这样，我们二人通信，整整聊了一夜。

五十二 初濑之旅

这几年以来，我一直有个夙愿，那便是无论如何也要去一趟初濑[1]，原本想着下个月就出发，但终究是不能太由着性子，九月，总算是决定了行程。虽然丈夫说“下个月就是大尝会[2]的仪式，这次应该是我们家出女御代[3]，等这件事忙完了我与你同去如何？”然而，这事又与我没有什么关系，于是便悄悄地出发了。出门时正值凶日，于是便先前往法性寺[4]一带避避凶险，拂晓时分，从法性寺出发后，正午左右就到了宇治[5]的别庄。

眺望四周，从林间到水面都闪闪发光，心情一下变得感慨万分。想着既然是悄悄出门，也就没有带很多人手便出来了，

1 位于今天奈良县樱井市，有长谷寺，是当时深受平安贵族喜爱的风景名胜之地。

2 新天皇登基后将以当年收获的谷物奉献给诸神的祭祀仪式。

3 代替女御进行祭祀典礼的女官。

4 在今京都市东。

5 位于今京都府东南部。

虽说是我准备不周，但估计要不是我这样的话，那路途上该会有多么大的阵势啊。掉转车头，卷起车帘，放下坐在车尾的人，就朝着河边出发了，把帘子拉起向外眺望，河面上满是鱼簖[1]。因为从未见过这么多往来的船只，这一切都显得那么的震撼而有趣。回头看看车后的方向，下人们都走得疲惫不堪了，手里捧着些长得歪瓜裂枣的柚子和梨，爱惜地吃着，这场景也让我印象深刻。用过了些便当，用舟载着车子过了河，又继续前进，先是贽野池[2]，后是泉川[3]，还看到了群鸟栖息的景象，美景入心，一切都有趣到令人感概。因为原本就是掩人耳目的旅行，百感交集中一阵泪水氤氲。明天就要渡过泉川。

这一天就借宿在了一个叫作桥寺[4]的地方。傍晚时分，下车休息，下人们似乎是从旅站那边，准备了些柚子汁拌白萝卜。这种真正的旅行体验，竟不可思议地那么有趣，令人难以忘怀。

天亮后，便要渡河了，河边看见了许多柴扉篱笆绕家的屋舍，边走边猜想:《贺茂物语》[5]中的人家该会是哪一家呢？心中一阵感慨。这一天夜里借宿在一个看起来像寺庙的地方，第二天则借宿在了一个叫作椿市[6]的地方。之后的一天，记得应该是

---

1 捕鱼的设施，是宇治川上有名的风景。

2 具体位置不明。

3 即今木津川。

4 在木津川北岸。

5 已散佚。其中应有与此地相关的情节。

6 位于今奈良县樱井市境内。

《下总国：铫子之浜外浦》，歌川广重 绘

早出晚归，披星戴月，清晨与夜晚，降下雪白的寒霜。人群腿上绑着布条，来来往往，好不热闹。这一天晚间借宿的地方，窗棂是卸下来的，等水烧热的工夫里，向外眺望，各色人等，来来往往，每个人看起来，都各自有各自的心事。

不一会儿，就来了送信的人。站在一旁，禀告说："有信来了。"读了读，信上写道："就昨天今天这一会儿工夫，怎么回事，我真的很担心。你带的人手那么少，没什么问题吧？你之前跟我说，要在那边住上三天，想问问你几时回来，至少让我去接接你吧。"于是我便在回信中写道："我已经平安到达了一个叫椿市的地方，另外我还想顺便去一趟更远的地方，回去的日子，我现在实在是定不下来。"商量之后，身边下人又告诉送信的使者说："主人最多待上三天，那边实在是不方便。"使者听罢便回去了。

从这里出发后，继续前进，之后的路上什么都没有，感觉就像进入了深山老林中一般，动听的流水声，矗向天空的杉树[1]，眼见许许多多的树叶，乱石中涌出的清流，看到这夕阳无限好，便感动到泪流不止。来的路上虽然没有看到什么格外美丽的景致。秋叶尚未红，春花早已谢，只看到枯萎的芒草。此处的景色太美，应该换一种心情来看，因此便拉起车帘，绑上车帏，向外张望，相比之下，路途上一路穿来的衣裳都显得黯然失色。但外面套上淡紫色的薄衫，交叉系上裙带，配上落叶

1 底本文本有残损。

般焦黄色的衣裳，感觉也是别有一番味道。看见路边的乞丐，坐在地上，将锅碗放在身前，心中一阵怜悯悲伤。感觉自己一下子也成了身份卑微的人，对他们的心境也感同身受。夜里[1]，无法入眠，也并无他事可忙，仔细听来，听见失明的人，或是其他没那么凄惨的人，在大声地祈愿，也不介意被他人听到，心中感慨万千，眼中泪流不止。

1 于长谷寺中。

五十三 归途

就这样，觉得自己在这里也住了一阵子了，天亮之后，便喧嚣着出发了。归途中，明明是一场悄悄出门的旅行，却到处都有人设宴款待，一路上好不热闹。原本计划着第三天就回到京都，但第三天，到了日落时分，才走到山城国久世郡[1]的一个叫作三宅的地方，只好在此留宿一夜。住的地方简陋不堪，入夜以后，只待天明。天还没亮时就出发了，只见黑黑的人影，背着武具装备，策马匆匆奔来。远远地就从马上下来，一直跪在地上，原来是丈夫的随从武士。“怎么回事？”我问道，对答说：“昨天傍晚时分，家主便到了宇治的别庄，吩咐我们说‘要是您回来了就让我们接您回去。’”说话间，前面领头的男子们就开始催促着下人，喊道：“赶紧出发！”

快到宇治川的时候，突然起了大雾，前方什么也看不见。

---

1 在今天京都市西南久世。

把车从牛身上卸下，一通准备时，只听见人声鼎沸，大喊着：“快把车辕卸下来！”从雾里看见了上次的鱼簖，另有一番无法言表的美。估计丈夫应该已在对岸等待，总之就先写下了这首歌让人送去：

忧心宇治川，鱼归无期总偶然，而今巧逢簖[1]。

就在等待舟船靠岸之时，来了回信：

逢鱼在此处，归期心中已有数，簖更为谁铺？

就在读信之间，车已装上船只，在随从们大声高呼中，很快渡了河。几个身份不算太高贵的良家子弟，还有几个官吏，挤在车厢的前后一起渡河。这时，河面上稍微看见了些阳光，雾一片片散去，开始放晴了。对岸，站着一些年轻人，卫府佐[2]也在，丈夫也在人群中，穿着猎装，一身旅行的打扮。把船停在对岸地势较高的地方，随从们只得奋力把车辕抬高，固定在岸边的木板上。

丈夫已经准备好了斋戒[3]后的餐食，就在准备用餐之时，因为河的对岸正好是按察使大纳言[4]所领，因此便有人提醒道：“按

---

1 在日语中“宇治”谐音“忧虑”，“归期”谐音“鱼”，此歌以鱼簖象征兼家，以鱼象征作者。意为，作者明知故问，明明没有告诉兼家自己的归期，如何偶然在此相逢。此歌也是运用了前文出现的《大和物语》89段中的典故。

2 护卫宫城安全的机构，佐为卫府次官。此处应是兼家的长子，时姬所生的藤原道隆。

3 作者从长谷寺中归来，因此准备斋戒后的餐食。

4 监督地方官员的官职，此处指兼家的叔父藤原师氏。藤原师氏，平安时代公卿，歌人，有自撰和歌集《海人手古良集》。

察使大纳言大人最近为了看鱼簖，正巧在此。”于是便商量说：“估计他也听说了我们正巧也在此处，应该去拜见一下。”准备了一些满是红叶的树枝，上面挂上小香鱼和野鸡，附上信函：“闻听大人您驾临此地，想着邀请与您共同尽兴，无奈近日并无什么好招待的东西。”大人回复说：“你们是来到此处的客人，本应我尽地主之谊来招待你们，惭愧惭愧，我马上准备一下。”于是丈夫旋即脱下衣物，搭在使者肩上，以表礼仪[1]。使者就这样渡河回去复命了。很快，从对面不断送来了鲤鱼、鲈鱼等等。而一同在场的潇洒男子们已有些喝醉了，聚在一起，好像还恭维着说什么“您的车轮之大，光辉如日月”。一些看着像良家子弟的年轻人一边把许多花卉和红叶插在车厢后面，一边说着吉祥话：“很快就将开花结果，不久便是吉祥如意的日子啦！”坐在车后的人便和他们一唱一和，这下只得是大家一同渡河前往了。“不用问，肯定会喝个酩酊大醉的。”于是丈夫便选出了些酒量好的人，带着一起去了。车朝着岸边驶去，船上也准备好了载车渡河的工具，乘着两艘船就渡了河。之后，果然喝了个酩酊大醉，载歌而归，随从们大喊着“快把车套在牛上！”，在疲惫与不适中，我总算是回来了。

1　当时的习俗。

《风流锦绘伊势物语（二十四枚）》，胜川春章 绘

五十四　大尝会

第二天天亮后，丈夫说:“举行大尝会仪式的日子就快要到了，在这边就要开始准备这些那些的。”我答应之后，便开始拼命地准备。仪式用的车一辆接着一辆，后面跟着众多的男女下人，这阵势，一切都是当下时兴的，就连我也仿佛觉得，自己成了仪式的主角一般。到了下个月，就开始忙着检查大尝会的准备是否都已妥当，我也忙着做准备，期待观看盛大的仪式，之后，年末除夕的准备，记得也应该是十分的忙碌。

五十五　上卷结束

岁月虽如此积淀，感叹着人生难以如愿以偿，新年，在这感万物之得时的日子里，春鸟的新啼也无法让我有丝毫欣喜，想到曾经那虚幻无常、朝生而暮死的人生，应叫作亦真亦幻、若存若无的蜻蛉[1]日记。

1　即蜉蝣。

《右大将道纲母》，鸟文斋荣之 绘

中卷

五十六 新年

世间依旧无常，日子到了新年伊始的早晨。这几年来，或许正是以为世人在新年里都不知避讳言语，所以才会发生这些不幸吧。起床来，来不及安坐片刻，便赶紧出了屋子：“来人，我说几句。”于是家里的下人们都聚了过来。“今年大家也要注意自己的言辞，有所忌讳，才能期待世间万事顺遂。”我那同胞的妹妹此时依然卧床未起，听见了我的话语，便借机吟诵道：“请听我说！缝袋装天地，万事皆如意[1]。”于是气氛变得其乐融融起来，“要是我说的话，那应该是，昼夜三十日，日日夫来时[2]。”说罢，面前的人们纷纷开怀大笑。“应该会有您期待的那一天的。不如干脆把我们说的都如实记录下来，送给大人[3]看看呗！”说着说着，刚才还躺着的人就已经起了床：“我觉得这提

1 出处不详，一说当时流行的一首贺歌。

2 作者希望兼家每日都来自己家中。

3 指兼家。

议太好了！比什么集天地之灵气，日月之精华还管用。”妹妹笑着说罢，我便如是写下来，让孩子[1]送去了。这段时间里，丈夫得时得势，家中满是前去拜贺的人们，本人也经常有事入宫，特别喧嚣忙碌，虽说如此，他还是给我回了这么一首歌，说的是今年有闰五月：

年年恋君意，今岁只因情又增，五月闰又生[2]。

如此写道，这下可够吉利了。

1 指道纲。

2 歌意为：因我对你的年年增加的爱意，今年的五月都多出了一个。

五十七　迁居

第二天，双方[1]的下人中，起了一些争执，事情闹得很大，但丈夫看起来十分同情我家这边。我说，一切都是因为住得太近的缘故。虽然心有不甘，但思去想来，还是把家给搬了。因为搬到了稍微有点远的地方，丈夫便特意大张旗鼓又光明正大地每隔一天就会到我家来一次。对于原本心有不甘的我来说，这也算是一种慰藉，甚至颇有种“衣锦还乡”[2]的感觉。

1　作者与时姬。

2　为平安时代贵族所熟知的中国典故。

五十八　三月三日

三月三日，难得我备好了节日的佳肴，却没有什么人来，扫兴之余，只得草草了事。我家里的一位侍女，给丈夫家的侍从，写了这么一首开玩笑的和歌：

欲饮桃花酒，若觅爱桃客何处，且问西王母。

对面的侍从很快便结伴前来，于是就把准备好的菜肴端了出去，饮酒尽兴后，天便也黑了。

这个月中旬十日前后，上回的那些侍从们，分成了两方，比赛射箭。双方练习时，特别喧闹。有一天，成绩落后的一方来到我这边，找家中的侍女们讨要赏赐。估计侍女们也是一时没有想到有什么合适的东西可以给，于是便在杨柳枝[1]上绑上了青色的纸条，上面写道：

1　用“百步穿杨”的典故。

风吹过前山，今春杨柳丝绦软，竟被输家穿[1]。

他们回过来的和歌，你一言我一语的，遗忘中就只能全凭读者的想象了。但只记得有一首说：

君祝心鼓舞，引来柳叶绽无数，眉开消颦蹙[2]。

比赛决定好要在月末晦日举行，而就在这段日子里，世间有位大人不知犯了何等的弥天大罪，他要被流放的消息惊动朝野，闹得满城风雨。

---

1 侍女嘲笑兼家的侍从们虽非百步穿杨的好手，竟然也能得到杨柳枝。

2 在日语中“柳叶绽开”与“眉毛舒展”谐音。此歌意为，兼家的侍从因作者家侍女们的鼓励而重新振奋。此处受到唐诗中“柳眉”等比喻手法的影响。

《柳条和樱花枝》，神坂雪佳 绘

五十九 高明流放

二十五六日前后，西宫左大臣[1]被流放了。世人们纷纷飞奔前往西宫[2]，想最后再一睹左大臣的尊容。听说景象十分凄惨，还没等人们见到左大臣本人，他便早已从宅邸逃走了。一会儿有人说在爱宕[3]，一会儿有人说在清水[4]，世间传得沸沸扬扬。听说，大人最后还是被人给搜了出来，最终被处以流放之刑。就

---

1 源高明。醍醐天皇皇子，上文中驾崩的村上天皇为其兄。此时在位的冷泉天皇的叔父。与兼家的父亲藤原师辅为政治同盟。此时，藤原师辅已去世，源高明失去了在外戚藤原氏内部的政治靠山。另外，此前，为平亲王与守平亲王争夺东宫太子之位，结果与源高明无姻亲关系的守平亲王被立为东宫。藤原氏趁源高明势力孱弱之时，密告其谋反，因而被左迁大宰府（在今九州岛）。史称“安和之变”。源高明宅邸在西京四条，官至左大臣，“西京四条”即“西宫”，故称西京左大臣。

2 即西京四条。

3 爱宕山，在京都市右京区。

4 清水寺，在京都市东山区。

连我这种对世事不甚了解的人，听到这消息，心中都尚且深切地感到一种无可奈何的悲哀，而了解其中内情的人，则是纷纷痛哭，泪沾衣袖，伤心欲绝。他膝下人数众多的公子们，如今也将要流浪于异乡的天空之下，不知将往何处安身，纷纷作别，零散四方。还有的人甚至落发为僧，悲伤的气氛难以言表。左大臣本人之前也已出家成了和尚，但即便如此，还是被强行贬谪为大宰权帅[1]，流放出了京城。

那段时间里，整日中都是关于这件事的消息。虽本不应写入这本只记录私事的日记之中，但感到悲哀的，不是别人，恰好偏偏是我，因此也就姑且把这件事先记在这里。

---

1 大宰府的临时长官。大宰府是日本朝廷驻九州岛的军政合一机构，原为镇压与管理九州岛地方势力筑紫国与少数民族隼人而设立，也兼管对中国的外交事务。类似于中国古代的“都护府”。大宰府在平安时代经常用来贬谪朝廷重臣，例如著名的菅原道真曾被左迁于此，并病死于任上。

六十 斋戒

这一年，第一个五月的二十几日前后，是因忌讳而闭门不出的凶日。而丈夫也开始了长期的斋戒，住进了山寺里。雨下得很大，丈夫沉思之间，给我来信说：“心中感到一阵莫名的孤独寂寞。”于是便回信说：

感时雨纷纷，五月水满远行人，度日徒伤神。

于是丈夫回信道：

雨落清水满，时过匆匆逢君难，何不入沼滩[1]。

通信之间，时间已到了闰五月。

---

1 沼泽暗喻作者，意为，结束斋戒，与作者相逢。

《美作国：山伏谷》，歌川广重 绘

六十一　重病

从月末晦日起，也不知究竟是什么感觉，身体不明不白地有些不适。虽然很难受，但心中想，也罢，就这样吧，不管了。虽然我是不想让丈夫看到自己惜命如金的样子，但周围的人无法对我放任不管，焚烧芥菜籽用以加持祈祷[1]。过了一阵子也一直不见什么效果。丈夫因我净身斋戒，前来探望的次数也不如原先那样频繁了，只是平时去视察新宅邸的修建情况时，才顺便来探望我一下，问一句“身体怎么样了”而已。记得一日黄昏，心中突感不安，“不知人去处，薄身不惜思悄然”。回来，遣人送来一个莲蓬，传话道：“天色已暗，暂且不过去你那里了，这是新宅子那边摘的，送你欣赏。”我便只是告诉使者道：“告诉他：‘生不如死’。”躺下来，沉浸在抑郁之中，哎呀，他的新宅子想必是别有一番景致，但不知我命还能否残喘至那一

1　密教（密教加持祈祷时的一种法事）加持祈祷时的一种法事。

日，况且也不知丈夫究竟是否有带我前去的心思，虽然他曾说过："真想早点带你去看看。"如今丈夫冷淡的态度却业已如此，自觉事已至此，不由得感到无限悲伤：

花开已结莲[1]，忧心欲遁浮世间，身消露晞前。

就在这感叹悲伤中，日子每天都在同样的状态中度过，心中无助不安。

自觉情况可能不会再好起来，我也不再抱什么希望，不再惋惜这如露水一般无常的性命。只是，一想到我那孤苦伶仃的孩子，在我死后将是如何是好，我的泪堤便崩溃，堵也堵不住。估计丈夫也看出来我的精神与身体状态都很异常，早已不似以往，于是便叫来了法力高强的僧人，想尝试着让我好起来。即便如此，却无论如何也不见改善，这样下去，我只有死路一条，而且应该就在不久之后。到了那时，可能连想说的话也无法说出，那应是如何地令人惋惜。我便想着，至少趁还活着的时候，就把心中想说的话都说出来吧。于是依靠着凭几[2]写道：

"虽然你常说祝我长命百岁，我也想着看着你一起终老，但我估计我自己大限已至，感到特别无助，因此才写下这封遗书，正如平时常说的，正因为觉得将不久于人世间，所以便也不再惋惜这尘芥般的性命，只是担心，我们那年幼的儿子今后的日子该如何是好。哪怕是跟他开玩笑，儿子看到你发怒时的样子

1　以花开结莲象征与兼家结婚诞下一子，获得高贵的身份与荣华的生活。

2　席地而坐时，用于支撑身体的一种家具。

也应该是十分难过的，若是没有什么特别严重的事情，平日里就别给他脸色看了。想到这一切都因我的罪孽深重：

风不至彼岸，来生再续今生难，此世念已断[1]。

我离开人世以后，若某些人对儿子冷淡不顾，我定会痛心疾首。虽说原本并不奢望你对我能善始善终，但看到至今你依然没有放弃我的样子，既然如此，那就拜托你照顾好我们的儿子吧。我那些从来没有对别人说过的情话，也请你永远珍藏下去，可千万别忘记了。时不我待，可能已经没有时间留给我当面对你说这些了。

黄泉道露滋，冥山过客袖沾湿，何如应不知。”

写罢，又在纸张边缘写道：“别忘了告诉孩子，好好学习祖上事迹与朝中故实，这样方能无过，出人头地。”写完后，便将遗书封了起来，上书一行字：“丧期已过完，打开看一看。”于是便踉跄着挪到屋中一侧的柜子旁，把遗书装了进去。到时候看到这封信的人一定会觉得我这样做很奇怪吧？但如果病拖得太长，若不事先如此做好准备，我一定会痛心疾首，后悔莫及的。

1 今生罪孽难赎，来世愿继续偿还之意。

六十二　写给爱宫的长歌

就这样，情况和之前一样没有好转，各种驱魔辟邪的法事与仪式，虽没有频繁地进行，却也按部就班地弄了一些，到了六月底的晦日，正当我感觉到自己的状态稍稍恢复了一些时，便听说帅府夫人[1]已经出家为尼了。听到这消息，心中更是平添了一份感慨。西宫的宅邸，在流放三日之后便被烧毁了，帅府夫人便只得回到了自家在桃园[2]的宅邸。听说夫人整日忧伤沉思，我的心中也十分难过，难以平静，躺下休息时也不免百感交集，于是便将繁多异常的心绪写了下来，虽说是写得十分不堪：

感时言无益，春末匆匆花落急，

西山骚然时，可怜莺语渐稀日，

悲鸣实可叹，听闻遁入爱宕山，

1　指源高明的正妻，爱宫。爱宫为藤原师辅的女儿，兼家同父异母的妹妹。

2　即后世的世尊寺，位于京都市一条以北，大宫以西。此时推定为兼家父亲师辅所领。因此爱宫回到桃园即为回到娘家的宅邸。

人言繁可畏，无路维谷可进退，
心虽寄山水，人间四月终流罪，
子规空山愁，千里思君啼不休，
绵绵五月雨，浮世忧心千万缕，
雨中徒度日，谁人襟袖堪不湿，
润物复五月[1]，泪洒衣衿悲难绝，
恋似行泥路，子嗣多于南亩夫，
如今徒离散，如何使人泪不沾，
焉卵于覆巢，分作四海桓山鸟[2]。
卵碎徒悲忧，九重京中谪九州[3]，
望断两岛间，世事如梦佳期远，
积薪又叹息[4]，海人烧盐今为尼[5]，
小舟流浦中，奈何寂寞唯心空[6]，
海中刈长藻，沉吟世间徒远眺，
雁今暂别去[7]，夜半孤床积尘絮，

---

1 指该年有闰五月，双关雨水沾湿之意。

2 此处原歌化用了中国“覆巢之下安有完卵”与“桓山之鸟”的典故。“桓山之鸟，生四子焉，羽翼既成，将分之于四海，其母悲鸣而送子。”

3 指九州岛。

4 在日语中“叹息”与“木材”谐音。

5 在日语中“海人”与“尼姑”谐音，“木材”“烧盐”“海人”为互相关联的缘语。

6 在日语中“浦”与“心中”谐音。

7 在日语中“雁”与“暂时”谐音。

不知枕何从，如今泪尽六月中[1]，

空蝉林间鸣，摧心断肠可悲情，

况乎秋风起，篱下荻响[2]似人泣，

不眠何处梦，长夜将尽亦难逢[3]。

鸣虫啼旧声，连绵不绝思又生。

大荒林[4]下草，涕泪同君君可晓？

此外，又在后面写道：

见君宅院锁，蓬草生门叶婆娑，岂料此落寞？

写罢，便暂时放了起来，却被身前的侍女看到，便劝我道：“写得实在是感人至深，何不送去给夫人看看呢？”听到这话，我回答道：“说的也是，不过要是知道是我写的，反而会有些尴尬呢[5]。”于是便找来朝廷官造的厚纸，把长歌誊了上去，并且用最正式的规格折叠起来，还加上了白木[6]做的轴。嘱咐送信的使者，若是对面问起何人来信，就回答说是多武峰大人[7]，借

1 在日语中“尽”与“六月”谐音。

2 荻在风中瑟瑟作响之声。

3 指爱宫的梦中与高明难相逢。

4 位于今天京都府南部淀附近的歌枕。

5 推测作者与爱宫此前并无信件往来，因此贸然去信反而显得尴尬。

6 剥掉树皮的木头。

7 藤原高光，爱宫的同母哥哥，歌人。现存《高光日记》（又名《多武峰少将物语》）记录了其出家前后的和歌，相传该书成书先于本书，据此推测，高光应为当时擅长和歌之人，故作者假托他的名义给爱宫去信。

爱宫的这位出家的兄长名义即可。对面的人一取走信件，我这边的信使便立即回来了，因此也不知对面对我这首歌究竟作何感想。

六十三 道纲旅行

就在这段时间里，身体的情况又稍有好转，然而二十几日前后，丈夫却突然有事要赶去御岳[1]，还要把儿子也一同带去。于是我便收拾准备了一番，当天日落时分，因为之前的宅邸[2]已经修缮完毕，我便顺便也搬了回去。丈夫把准备跟随他出门的人都留在我这里，因此便顺便借光，使唤他们搬了家。自那以后，因为儿子尚且年幼，因此一直很牵挂，到了七月一日，拂晓时分，他们终于回来，儿子道："父亲回那边去了。"原本想着，我现在住的地方距离丈夫的宅邸比较遥远，因此估计着丈夫可能便不会常来了，不料，白天时分，却看到丈夫拖着疲惫的双腿过来了，真是稀奇。

---

1 即今奈良县金峰山。

2 指上文提及的位于一条西洞院的宅邸。

六十四　送错的信

而与此同时，帅府夫人不知从何处得知了那首长歌是出自我手，便往我之前六月份住过的宅邸去了使者，结果使者有误，不慎将回信送到了别人家中。听说那户人家收到了回信，也没有觉得奇怪，于是便也给夫人回了信。据说，爱宫大人知道了回信之事的来龙去脉后，自知送错了地方，心想把同一封回信再送一次的话，估计我这边也早已听说了信送错的事情，这样也就显得十分失礼，把回信的地址都弄错这种事情，实在是显得没有诚意，因此而烦恼。听到这些传闻，我又有了兴头，觉得不能就这么算了，于是就用之前同样的字体在水蓝色的纸上写道：

听闻有回信，空中难留山神音，不见徒伤心[1]。

1　以山神暗喻爱宫。

写罢在信上插上一枝满是叶子的树枝[1]，写在浅蓝色的纸上送了去。这次也吩咐信使同上次一样，送了信立马就消失踪影，我心想，不会又和上次一样，回信送错了地方吧？可能是对方这次比较慎重，果然还是一直没有回音，正当我觉得奇怪之时，一段时间之后，找到了一封绝没有送错的信件，上面写着：

随风一贫尼，海人烧盐烟腾起，欲寻无踪迹[2]。

信上的字迹认真得不能再认真，灰色的纸上附上松枝[3]，于是便在胡桃色的纸上附上枯萎变色的松枝[4]，一并写道：

荒宅临汹浦[5]，烧盐虽曾腾烟雾，传音风却无[6]。

1 日语中，“树叶茂盛”与“传闻很多”谐音。

2 以烟散风中暗喻回信丢失。

3 原本残损，根据意思推测应为在日语中谐音“等待”的“松”。

4 暗喻作者等待的时间很长。

5 在日语中“荒凉”与“汹涌”谐音，此处暗喻桃园的宅邸。

6 以“没有风”暗喻“使者送错信”。

六十五 屏风歌

日子到了八月，这段时间里，世间皆因小一条左大臣[1]的生辰而沸沸扬扬，热闹起来。左卫门督[2]为此想要制作一套屏风献上。于是便写了一封让人不好推辞的信件，催促拜托我为这套屏风作屏风歌[3]，将屏风上的内容详细地告知了我。感觉拜托给我这样的人实在是不合适[4]，虽然推辞了多次，但还是执意要拜托给我，因此，我便趁着晚间时候，看着月亮，思索着写了一

---

1 藤原师尹，兼家的叔叔，兼家父亲师辅的弟弟。此时应为他50岁的生日。师尹亦为上文中源高明被流放一事的主谋之一。

2 藤原赖忠，当时担任关白的藤原实赖之子，后成为兼家政敌，政治斗争中败北后隐退。

3 平安时代的屏风上多画有各种景物，并书写上以景物为题的和歌，称之为屏风歌，后发展为和歌的一大种类。

4 屏风歌一般交由专门以和歌为业的歌人执笔，作者当时并非专门的歌人，而是权门兼家的夫人。另外，正如前文所述，师尹是陷害源高明的主谋之一，由于作者对高明的同情，此时对庆贺师尹的寿辰一事应有抵触。

两首：

某处人家，有贺宴。

苍穹日月辉，轮转不息永相随，今朝有岁岁。

旅人拴马海边，听千鸟鸣啼。

世事数难消，一声知尽千只鸟，荣华永不凋。

粟田山献马[1]，见有将献来之马牵至附近家中者。

经年行山途，峦边人家若久住，烈马可驯服。

有泉水近人家，八月十五夜[2]，泉中映照月影，家中女性围观时，墙外大路忽闻羌笛声。

羌笛云中徊，泉中映照月轮在，似可捧将来。

海边农家前有松原，群鹤栖其中。信上说："此处应有两首歌。"

回首浪高处，海边丛生小松林，一见应倾心。

长青松荫幽，海滨沙数如君寿，群鹤复何求？

河面上的鱼簖[3]。

寄心于河前，簖捕香鱼日匆间，几多旅夜眠。

海边渔火，有钓舟。

渔火海人舟，此景闲适有益收，贝在浦中留[4]。

---

1 粟田山为京都三条东段附近的小山丘，今南禅寺、知恩院之间，名为蹴上的一片地区。平安时代，地方诸国每年敬献朝廷的马匹多圈养于此。

2 八月十五赏月习俗在平安时代已传入日本。

3 京都宇治一带流行的捕鱼用具，捕捉香鱼用。见前文。

4 在日语中"贝"与"有益"谐音。

乘女房车[1]，赏红叶之余，见人家红叶多，便驻步观赏。

野边人家幽，一延万代岁悠悠，年年只待秋。

由于并没有什么兴趣，因此便这样敷衍写完了事。硬逼着我写了这么多，最后其中只采纳了渔火和群鸟的那两首，听闻此事，心里自然是有些想法。

---

1 平安时代女性贵族乘坐的牛车。

六十六　冬雪

而就在这段时间里，秋天结束，冬天来临。虽说也并没有什么特别的事，每日却在心中的不安与纷扰中度日。十一月，有一天积了很深的雪，也不知因为什么，那段日子里，人也憔悴，心也伤悲，身心都感到无尽的忧郁。整日沉思不语中，心中咏出一歌：

雪积似龄高，若将二者来相较，雪融身不消[1]。

而就在这思虑中，除夕便匆匆过去，一转眼就到了第二年的仲春时节了。

1　作者将自己的年龄与雪相比较，该种构思应受到白居易“鬓雪多于砌下霜”（《冬至夜》）一句诗的启发。

《壹岐国：志作》，歌川广重 绘

六十七　赌弓

丈夫将乔迁到那营造得富丽堂皇的新宅邸，“是今晚就搬，还是明天搬？”整日喧嚣着。然而，我却心中觉得，即便是搬去了新宅，与丈夫的关系一切也是照旧，不会有什么改善吧。因此，我也就吸取了教训，不再有什么期待。而就在这思前想后中，三月十日前后，宫中就将要举行赌弓大赛[1]了，大家都在忙着准备。尚且年幼的儿子被选在了后射的一方，同伴若是胜出了，同一组的伙伴就必须得献上庆祝的舞蹈，因此那段日子里，把一切都抛在脑后，只以这件事为优先。为了练习舞蹈，每日都得奏乐，好不热闹。而练习归来，儿子拿回了胜利的奖品，他的优秀，我都看在眼里。

到了十日，今日就要在我这里进行舞蹈的彩排了。舞师多

1　为每年固定的活动，一般在正月举行。这一年在三月份举行，应为临时增加的活动。

好茂[1]从女官们那里得到了很多的礼物，男性们也纷纷脱下衣物赠送给他。而丈夫却因正值闭门不出的凶日，便只派遣了些使者过来。傍晚时分，练习结束后，好茂跳了一支蝴蝶舞，于是便有人把自己的黄色单衣脱下赠送给他。穿上这件衣服跳舞，显得特别和谐搭配。到了十二日，便是后射的一方全员集中练习舞蹈的日子。由于我家中没有射箭用的靶场，不太方便，于是他们便去丈夫家喧嚣了一天。听说由于去的贵人太多，赠送的礼品之多，把舞师好茂都给埋了起来。而我则是在对自家的孩子究竟有没有问题的担心中熬到了天亮。不一会儿，儿子便在簇拥中被送了回来。之后不一会儿，丈夫也不顾他人奇怪的目光[2]，悄悄溜进了我家。说："我特地来是为了告诉你，这孩子今天舞跳得特别好，把大家都感动得哭了。明天后天，我这边是有忌讳的凶日，应该会特别心神不宁，到十五日的那天，我会早点来帮忙。"说罢，丈夫便回去了，而以往无论发生什么开心事都不会满意到哪儿去的我，这次却强烈地感到了一种无比的开心。

到了那一天，丈夫很早便赶来了，准备好了舞蹈用的装束。一大堆人聚集起来，在热闹喧嚣中把儿子送走了。而我又想起了射箭的事情，记得之前有人议论说："后射的一组应该会输掉，射手都不行啊。"要是输掉的话，那好不容易练习的舞蹈

1　当时著名的舞师。

2　兼家此时应正在因忌讳而闭门不出的时间中。

也就白费了。在对比赛结果究竟如何的担心中，夜晚便降临了。月亮格外明亮，门窗户牖也就不必取下来，思来想去中，使者也来回奔波，不断报告着比赛的情况。“现在射了几箭了”，“对手中有右近卫中将大人[1]，公子奋力击败了对方”……听到这消息心中十分欣喜，感慨至深，这感觉无与伦比。又有人来报告说：“原本必败无疑的后射组，因为公子的力挽狂澜，扭转了颓势，两组打成了平手。”由于打成了平手，于是先射组便先开始跳起“兰陵王”舞[2]，跳舞的这一位和我家儿子同龄，是我的外甥[3]。之前练习的时候，经常相互串门。很快，下一个就是我儿子跳了，可能是因为大家的反响都不错，因此天皇开恩赐了御衣。之后，跳兰陵王的外甥也就自然而然地跟着丈夫与儿子乘车来到我家，丈夫把事情的经过告诉了我，说儿子出了彩，让他脸面增光，又说位高权重的大人们无不感动到流泪。在感动的泪水中把故事一遍遍地讲给我听。于是便唤来教授儿子射箭的弓师，来之后，就要准备一些赏赐，这时我也就忘记了自己一直以来的不堪处境，心中便前所未有地兴奋起来。自那一夜起的两三天内，平日里认识的不认识的，就连庙里的高僧，都来祝贺儿子的成绩，听到这些，我竟然开心到有些不可思议了。

1 源忠清，醍醐天皇孙，有明亲王子。

2 即兰陵王入阵曲，相传发祥于北周，兴盛于唐代，是中国最早的戏曲之一，后传入日本。

3 不明，一说作者哥哥藤原理能之子，藤原为孝。

六十八 独居

就这样，日子到了四月，从此月十号开始，一直到五月十号，丈夫说自己“身体异样，特别不适”，于是便也不经常到我这边来了。大概七八天后，丈夫终于露面，对我说道：“我是忍着身体不适来的，因为实在是牵挂担心你。”又说道：“因为是夜里我才好来，不然没法掩人耳目，身体如此不适，连上朝也没办法上，这要是被别人看见我到你这里来，那可实在是不太好。”说完之后，丈夫便匆匆回去了。听说他的病明明就已好了一些，却让我一直等到如今，心中感到异样，就在他今夜到底会不会来的揣测之间，这人竟然一连很多天一点音讯都没有。心中虽愤怒他怎么能如此对待我，但表面上还得是装作风轻云淡。夜晚，外面的车辆疾驰而过，雷霆乍惊，我只有片刻得以安睡，经常等到天亮，也不见他来，便更加茫然。儿子每次过去的时候我都会问问他，却听说其实丈夫身体并没有什么特别的不适，也不向儿子询问我的近况。既然如此，我也就不再想着问他为什么不来了。某一天日落日升，我早晨打开窗户向外眺望，注意到昨夜似乎下过一场大雨，树木上都挂着露珠，于是心中有了一首歌：

独待孤夜中，唯思雨落露挂松，天明消尽空[1]。

时间流逝，到了月末晦日，突然听闻世间传言："小野宫大臣[2]薨去了。"而就在这许久没有丈夫音讯之时，他竟然厚着脸突然来信道："现在世间满城风雨，纷纷扰扰，我看一切还是谨慎为好，因此不太方便去看你，很快就要服丧了，所以你赶紧帮我准备一下丧服。"出于愤慨，我便敷衍回道："最近家中的裁缝们都回老家了。"此事惹得我心中着实烦闷，于是便又断了与丈夫的联系。就这样，日子到了六月。如此数来，丈夫已经有三十多个夜晚，四十多个白天没有露面了，这样的状况已经不能用"有些异常"来说明了。虽说世间之事大抵都不能如愿，但这么悲惨的经历着实是第一次，身边的人也纷纷感到事态的严重。而我则是每日什么事也记不住，一味地沉浸在自己的忧思之中。难过的情绪实在是不好意思被旁人看到，所以只得忍住泪水默默躺下，此时忽闻莺啼，似乎比往年来得更晚，心中想到的是：

莺鸟也无期，悲音难尽哀思急，六月今仍啼。

1 "等待"与"松"同音。

2 藤原实赖，兼家的伯伯，兼家父亲师辅的大哥。

《花枝上的绣眼鸟》，歌川广重 绘

六十九 唐崎之旅

记得日子就这样匆匆来到了二十几日，心绪依然无可奈何。强烈地感觉到身无所依，便想找个凉快的水边，好去祓除半年积攒的污秽，于是便决定动身前往唐崎[1]。

凌晨四点前后便启程了，月亮还十分明亮。同行的是一位与我同样境遇的人[2]，加上陪伴身边的侍女，乘车的只有我们三个，另有七八个侍从骑马跟随。到了贺茂川附近，天就蒙蒙亮了。走过了这一带便是山路，景色也就与京中不尽相同了，虽说景色优美，但由于当时的处境，心中依然是伤感不已。说着，就到了关隘[3]，暂且停车，给牛喂了喂饲料，顺便带上几辆货车，砍伐了一些罕见的树木，站在光线稍有些昏暗的树林中，感觉到心情开始有了些变化，似乎有些开心了起来。关隘处的山路

---

1 在今滋贺县琵琶湖西岸。

2 不明。

3 应为逢坂关。

令人赞叹，我眺望将要前往的目的地，望不到尽头，似乎只见两三只水鸟浮在湖面上，仔细想来，那应该是钓舟。到了这里，我的泪水便也开始止不住了。就连这心如死灰的我，竟然也有了些感伤，更何况与我同行的那位呢！早已经是感动得泪水不止。我们都觉得哭成这样不太好意思，也就默契着没有相互对视。

距离旅途的终点尚且有一段距离，先把车驶进了大津[1]，那里的家家户户都显得非常脏乱，令人感到新奇。穿过大津之后，终于到达了湖边。回首看着来时方向，湖畔有一处屋舍俨然，而房前的湖面上，有许多舟船紧靠着岸边。这景致着实有些意思，远处还有往来的船只。走着走着，时间就到了巳时。想着稍微歇歇马匹，于是顺便远眺了一下那个小有名气，叫作清水的地方。正巧旁边有一棵高耸的楝树，于是将车安放在树下的阴凉里，把马匹牵到湖边的浅滩中，好让它们也凉快一下。“就在此处等着下人们把便当送来吧，距离唐崎还有一段距离呢。”说罢，儿子一人疲惫地凑了过来，从竹筒中取出一些食物来吃，而就在这时，便当也正好送了过来，于是便分配好了便当，吩咐一部分侍从自此返回，告诉京中：“已经到了清水。”

之后乘上车，到达了唐崎。再掉转方向，朝着祓除污秽的地方出发。此时，看见湖面上大风吹起，波浪翻涌，往来的船只，也纷纷扬帆而行。湖边已经聚集了很多当地的人，“给我吟

1　今滋贺县县治。

首歌吧！”说罢，他们便用乡下的腔调，边唱边走。本是为了祓除污秽而来，却没想到唱起了歌，还好最终顺利到达了。唐崎这里的岬角十分狭窄，于是只得把车停在了水流下游的地方。大家下水后，波浪涌了过来，虽然自古就说，唐崎这里没有什么贝类，今天来得却是很有价值[1]。同车前来的人在后面一个劲儿地向外看，差点从车上摔落下来，他们的身子从车中完全探出时，下人们则喧嚣着献上了很多从来没有见过的水产奇珍。年轻的男子们，坐在稍远的地方，唱起了“志贺[2]唐崎有清波”[3]这首古歌，听到这歌声响起，心里也觉得很有意思。虽然风很大，此处却一点儿树荫也没有，因此非常炎热，于是便想着赶紧回到清水那儿的阴凉里去。祓除结束后，便回去了。

这一天过得令人难以忘怀，到达山口已经是申时快结束了。满耳尽是蝉声，听罢，心中咏出一歌：

归途寒蝉泣，日暮嘈嘈争鸣急，只待日暮夕[4]。

我独自咏出此歌，并未告诉他人。

侍从中有两三人先前骑着快马已经赶到了山泉处。等我们到达时，之前提前到的人早已休息好，凉快了下来，脸上看起来都是舒适的表情，在卸车的地方，同行人咏出上句道：

只羡马足速，泉水？

---

1 日语中，“贝”与“价值”谐音。

2 滋贺县古称。

3 平安时代前期的神乐歌。

4 在日语中“寒蝉”与“日落”谐音。

于是我回道：

泉水澄澈清无度，倒影映荫树[1]。

于是将车停在泉水旁，把车中上座那边的帘幕取下，大家一道下了车。把手脚都浸泡入泉水中，不快的心情马上便烟消云散，倚靠着石头，在流着清水的中空竹筒上架上木板，便开始享用美味，吃着用凉水浸透的冷饭，这滋味实在让人不愿离去。然而随从们却催促道："太阳已经落山。"在这山清水秀的地方，无论是谁都会忘记一切烦恼吧，但毕竟已是日落时分，只得无奈离开了。

继续前行，就到了粟田山，看见了京中前来迎接的随从，禀告我说："今天白天，大人到家中来了。"我就奇怪了，甚至怀疑他是不是故意趁我不在家才来的。听说丈夫还问了别的，打听了我出门的原委。于是我便带着十分沉重而扫兴的心情回到了家中。从车上下来，心情别提有多么糟糕了，留守家中的人们却纷纷禀告："大人来了家中后便问起，于是我们就如实回答了。大人听闻此事便说，'怎么就起了出门的兴致，看来我来得不是时候啊。'"听到这些，我仿佛觉得自己在做梦。

第二天，整日都在疲惫中度过，又过了一日，儿子出门去了丈夫家。大概是去问丈夫这连日来的奇怪举动吧？不过，哪怕是有了这样的念头都让人觉得心累，即便如此，依然敌不过

---

1 此处为"连歌"，即一人咏出575的发句（上句），另一人接着咏出77的胁句（下句）。

前日在岸边时的所思所想，于是写下：

惯看浮世间，涕洒御津[1]湖岸边，泪尽今不现[2]。

然后便告诉儿子，“交给你父亲后，趁着他还没看完这首歌，你就赶紧回来。”儿子回来后告诉我，一切按照我吩咐的做了。心想着，也许丈夫看了会有些什么反应，于是心中也有所期待。然而，无情的是，直到月底晦日也没有回信。

---

1 在日语中“御津”与“看”谐音。

2 歌意为，前日在湖边已将今生今世的泪水流尽，如今再遇到悲伤之事也不再流泪。

《纪伊国：和歌浦》，歌川广重 绘

七十 新稻

前些日子，无聊中，修剪整理院中的花草，于是准备了很多稻秧，种在了屋檐附近，稻穗已是抽得甚是可爱，引了一些水，但是看到有些叶子竟已枯黄，实在是不如意，见此，心中顿感悲伤：

闪电光似飞，稻叶家妻无人慰，檐边苗思悲[1]。

1 在日语中“闪电”与“稻妻”谐音，此歌以稻秧象征作者。

七十一 转机

贞观殿女御大人[1]，前年被拔擢为尚侍[2]，之后一直和我没有什么联系，实在是异常。我不由得猜想，她不和这个与丈夫夫妻关系不佳的我来往，难道是因为他们兄妹的关系也日渐疏远了吗？但我觉得，其实她应该也不知道我们夫妻关系的实情，于是便去信问候，顺便附上和歌一首：

蜘蛛作丝网，今虽与夫互相忘，愿与君久长[3]。

如此，对方的回信不知为何也写得十分凄婉：

君今与夫绝，蛛丝已断经年月，闻此心悲谑。

读罢这首歌，才突然觉得，原来大人长期没有来信，正是因为知道了我与丈夫的实情，想到这，心中又平添了许多感概。

---

1 藤原登子。

2 负责奏请天皇与传达天皇指令的机构内侍司的长官，女性官员。登子于安和二年十月成为尚侍。

3 歌意为，虽与兼家关系断绝，但愿与登子一直交往下去。

就在是一天天的沉吟不快中，来了丈夫的信：“之前给你写了信，却又不见回信，感觉碰了一鼻子灰，所以才有点疏远，今天想着要不去你那边？”周围的人便劝我回信，写着写着，天色已晚，就在我想着就算现在派人送信去，估计也来不及时，丈夫突然现身了。身边的人们说：“大人不来还是有什么原委吧，请您暂时装作若无其事的样子吧。”于是我也就只能是忍了下来。“这段时间一直因忌讳而闭门不出，并不是打算以后都不来你这里了，看你脸上写满了不快，看来是闹别扭了，我奇怪究竟是为什么呀？”看着丈夫张口就来，毫不掩饰自己心情的样子，我心中更对他感到厌恶与疏远了。

第二天早晨，丈夫说：“今天有要紧的事情要忙，我明天后天再来。”我才不相信他说的是实话，想必是为了哄骗我让我高兴才这么说的。我倒想看看，说不定，他来我家的机会，也就只有这最后一次了。日子渐渐过去，发现他果然是在说谎，心中的感觉变得比原先更加悲凉。

七十二 放鹰为尼

每日思去想来的，只有自己如何才能如愿死去这件事，但想到自己的独生子，心中悲伤不忍。把他抚养成人，找一个能够好好照顾他的妻子，这样我才能安心地死去，若让他一个人流浪世间，那该是多么悲惨！想到这里，觉得自己果然还是不能撒手人寰。“这可如何是好，是不是换个身份，出家为尼，以脱离这尘世寻求解脱呢？”我对儿子说道。尚不十分了解情况的儿子却哭得抽噎起来，样子十分可怜地说道，“母亲若是这样，那我也出家当和尚好了。不然活在尘世间，也没有什么好做的了。”说罢，儿子哭得更惨了，我也就更加止不住泪水，悲情之余，便想着开玩笑来舒缓一下气氛，说道，“那样的话，你可就没办法养鹰了啊！”说罢，儿子竟静静地站起来跑了出去，把之前仔细安顿好的鹰拿去放生了。家中看见这一幕的人们也忍不住地流下了泪水，我也便因此感到更加难过了。当时的心情是：

夫妇今不睦，放鹰天际悲如卒，削发为尼姑[1]。

日暮时分，见到丈夫来信，读罢觉得满是谎言，于是只回复道，“今天身心不适。”便派人交给他了。

1　在日语中“天”与“尼姑”谐音，“削”与“放”谐音。

七十三　盂兰盆

到了七月十几日，世间众人喧嚣依旧，盂兰盆节的供品，往年都是丈夫家的家臣帮着准备的，想到与他关系已绝，便觉得一阵悲凉，估计去世的母亲也一定很难过吧。等待了一阵，看看丈夫的反应，想着还是自己去准备法事用的斋饭，眼泪就止不住地淌了下来。日子渐渐过去，按照往年的惯例准备好供品后，又添上一封信道，“我相信你应该不会忘了故人之事，‘不惜卑身命，但悲人变情[1]。’”派人送去了。

发觉事情一直如此，也没有什么转机，不禁心惊，之前也并没有听说丈夫移情别恋，只是稍稍有所怀疑，而这时，知晓内情的人告诉我说：“去世的小野宫大臣手下有一些受宠爱的侍女们，大人应该是心里想着这些人吧，特别是有个叫近江[2]的，

---

1 《贯之集》古歌。

2 不明，一说藤原国章的女儿。

感觉有些奇怪，人又有些风骚，可能是不想让她知道大人来您这里的事情，所以大人就先断了与您的联系吧。”听到这些，又有人说：“是么？我看不至于吧，那样的货色，根本不会有人在意的，大人怎么会因为这个就做得如此之绝呢？”于是我怀疑道：“若不是如此，那就是先帝的哪位公主吧？”无论如何，觉得十分可疑，于是便有人说道：“虽说是山河日下，但也不能白白地看着太阳就此落山，不如趁这个机会四处走走看看。”这段时间里，只因为丈夫的事情，弄得我昼思夜叹。既然如此，如今天气正十分炎热，怎么能就这样老是悲叹度日？想到这里，便决定去石山寺[1]住个十天左右。

1　今滋贺县石山寺。是平安时代贵族经常前往的风景名胜之地。

七十四 石山寺

想着这次是悄悄前往，于是就连自己亲妹妹也没有告诉。自己一心想着赶紧出发，即在将天明时便上了路，到了贺茂川一带时，也不知是怎么被人发现的，有侍从追了上来。黎明前的月亮依旧十分明亮，却也没见到什么人。尽管河原一带总是有死人趴着，我也无所畏惧。到了粟田山，感觉十分疲劳，便赶紧停下休息。思绪杂乱如麻，泪水不停地流下。我害怕被行人看见，于是便收起了泪水，只是继续奋力前行。

到达山科[1]的时候，天就亮了，想着出行的事情可能就要因此暴露，茫然不知所措。于是便让随行的侍从们分成前后两拨，自己悄悄独自行走在中间。往来遇到的人都感到我异常可疑，议论纷纷，这使我十分尴尬难堪。

好不容易走过了刚才那段路，在泉水边用了便当，搭起帘

1 今京都市东部，东西北三面环山的盆地，西接三条大路粟田山一带，东达逢坂山，南部毗邻醍醐地区。是京都通往滋贺县的必经之地。

幕，就在忙碌之间，来了一群特别嘈杂的人。这可如何是好，究竟是些什么人呢，若是我的随从中有与对面相识的，那可就不太妙了。心里正这么想着，只见很多人骑着马，后面牵着两三辆车，声势浩荡地走了过来，高喊着："若狭守[1]之车！"车队停也没停便走了过去，之后心里才平静了下来。啊，他们这也是仗着自己的身份，才能如此傲慢地行路吧。其实呢，这类人在京城中整天低三下四，正因如此，所以才要在路途上弄出些大动静来，一想到这里，就感觉心中不快。对面的下人们、车夫，还有其他林林总总的人，一下子都走近到帘幕这边，靠了过来，二话不说便开始喧闹地洗起了澡。我觉得这些人的行为实在过于失礼，简直不像话。于是我的随从便稍稍说了几句："喂！快起来！"说罢，不料对面竟反驳道："这里是供往来行人自由使用的地方，不知道吗？怎么还觉得是我们的不是了？"我看到这场景，心中不知是怎样的一种滋味。

这一行人离开后，我们也继续上路，越过山关[2]，废了半条命才好不容易到达了打出浜[3]。而打头阵的人已提前到达，在舟船顶上安上了茭白叶修葺的顶棚。因为疲劳，浑浑噩噩地就上了船，朝着目的地，便远远地撑船出发了。此时的心情，痛苦无比，悲伤欲绝。

1　若狭国，今福井县西南部，属于中等国。作者丈夫为摄关家公子，父亲为大国陆奥国守，因此在作者眼里若狭守并不是身份高贵之人。

2　逢坂关。

3　今滋贺县大津市内的琵琶湖岸，今膳所、石场附近。

申时末左右，到达了寺里。将行李安置在斋屋[1]中，便前去休息了。身心俱疲，痛苦不堪，不知如何是好，只得躺倒，任泪水流淌。到了夜里，用热水清洁了身子之后，便登上了宝殿。对佛陀倾诉自己的遭遇时，泣不成声，无法好好说完。天亮之后，眺望殿外的风景，发觉宝殿之高，使地面看起来就如同山谷一般。崖壁上树木丛生，显得有些昏暗。二十日的月亮，即便在黎明后也十分明亮，月光从树荫中漏下，看起来铺成了斑驳的一片。俯视下去，山麓处的泉水，如同镜子一般。我依凭着高高的栏杆，依依不舍地凝视许久。崖壁上的草丛中，发出了窸窸窣窣的声响，这声音来得奇怪，于是问道："那是什么？"便有人告诉我说："此乃鹿也。"心想着这鹿怎么不像平时的鹿一般鸣叫之时，对面的山谷方向上，传来了更富有生气的鹿鸣，远远地听起来，就像是在吟唱。听到这声音时，已经不知该用什么语言来表达心情，美好到不真实。我被这引人入胜的声音牢牢吸引住，甚至忘却了世间烦恼。凝视着对面的山峦，忽闻守护农田的山民叫喊追逐之声，这声音实在是扫兴之极，杂乱纷扰之中，顿时想起了许多摧心断肠之事，一切便终结于无奈之中，只得回来安心静坐。后夜[2]的修行到此结束，下了宝殿，身心俱疲的我便一直待在斋屋中。

望着夜一点点亮了起来，东边吹来徐风，将雾吹得散布开

---

1 寺中供香客使用的屋子。

2 即佛教修行中六时之一，凌晨四点前后的修行。

《三河：凤来寺山岩》，歌川广重 绘

来，河对岸的景色，如画一般。河滩前放牧的马匹，也能远远地望见。这景色实在令人赞叹。我那唯一的儿子啊，因为要掩人耳目，只得被我留在了京中。我原本是想利用这次离家出行的机会，来斟酌自己的死法，但只要一想到儿子这份牵挂，便不舍到悲伤，把泪水都要流尽。侍从里有位男子开口说道："听说佐久奈山谷[1]离这里很近，不如去看看吧！""听说到了谷口就会被吸进去，真可怕呀。"听着他们的对话，我倒觉得，管它情不情愿，还真想就这样被吸进去算了。

身心已经如此疲惫，便也没有吃什么东西。随从们告诉我说："后面的池水里有蕺草[2]生长。"于是我便吩咐他们摘了一些过来。装进器皿中，切了些柚子放上去，味道妙不可言。

夜晚降临，便在宝殿中祈祷千万，泪流到天明。黎明时分稍微打了一个盹儿，蒙胧中似乎看见了寺里的住持，提了一壶水来，浇在了我的右膝盖上。一下子惊醒之后，还以为是佛陀现了真身，这一来，心情更加悲痛了。

天明之后，便很快从宝殿中下来了。天色虽说还有些暗，却看见湖面上泛起一片白色，感慨之间发现，一条能乘下二十人的船只，从这里看过去，就仿佛一只鞋子的大小。不由得心中感慨万千，不胜悲伤。在佛前供灯的僧人送我们到了岸边，但随着船只越划越远，他伫立的样子也显得越来越寂寞，他与

1　神道教信仰名胜，传说是冥府的入口。在今滋贺县大津市大石中町。

2　一种草药，不明，一说鱼腥草。

我们相知相熟后，却不能与我们一同离开，这让人觉得十分悲哀。侍从里的男子见状便反复劝说我道：“很快的，明年的七月还会相见的。”于是便回道：“知道了。”看着僧人渐渐远去的身影，实在是悲伤至极。

看看天空，月亮细细的，倒影映照在湖面上。风吹过湖面，波浪声一阵喧嚣，侍从中年轻的男子们唱起歌道：“细声细语，面容消瘦。[1]”听到这歌，忍不住落下一滴滴泪水。看着岸边依次经过的伊加贺崎、山吹崎[2]，船渐渐从芦苇丛中穿过。天色尚且昏暗，依然看不清对面，远处传来桨声，有一艘小船唱着寂寞的歌谣驶来。错船而过时，迎着对面的船只问道：“去哪儿呀？”对面答道：“去石山接人。”这声音听起来令人伤感。之前我们因为约好的船只迟迟不来，于是便只得乘别的船出发了，而在这里却正好与他们相遇了。令船停下，一部分侍从乘上对面的船，边走边随心唱起想唱的歌谣。在过濑田桥的时候，天也蒙蒙亮了，天空中翱翔着千万只鸟，心中又顿时百感交集。不一会儿，到达了来时的岸边后，已经有车备好，前来迎接了。巳时左右，便回到了京中。

家里人聚集在一起，对我说：“还以为您去了天涯海角，大家都议论纷纷的。”于是我便说道：“随便怎么说吧，毕竟这的确也不是按我现在的身份应该做的事情。”

1　当时的民谣。

2　两处皆在滋贺县大津市琵琶湖岸。

七十五 相扑节会

朝廷中正是举行相扑的时候[1]。感觉儿子很想去，于是便备好服装，送他出了门，因为要先去一趟他父亲那里，所以他父亲也就与儿子同车前往宫中，傍晚时分，丈夫却托要来这边的人，把儿子给捎了回来。听说孩子他父亲去了那边[2]，我惊愕不已。第二天，依旧入宫，之后丈夫对儿子依然是不管不顾，只是在夜晚时分吩咐了几个藏人所的杂役把儿子送了回来，自己却先走一步，留下儿子一个人孤零零地回到了家，这叫我如何不悲伤心寒。若我和丈夫的关系能够如以前一样，那孩子也许就能和父亲一道回来了。孩子幼小的心灵想必也是感觉到了什么，回来便是一副委屈的样子。我也不知如何是好，不知这一切还有什么意义，感觉自己仿佛被千刀万剐，撕成了碎片。

---

1 相扑节会一般于七月末举行。

2 指近江之处。

七十六　八月

就这样到了八月，二号夜晚时分，丈夫竟然来了一小会儿。实在觉得奇怪，却只听他扔下一句："明天是凶日，把门关好了。"这让我觉得扫兴不已，感觉心中一阵沸腾。丈夫却一会儿走到这个侍女跟前，一会儿走到那个侍女身边，贴耳对她们说道："忍忍吧！忍忍吧！你们主人今天心情不好。"一边模仿着我生气的样子，一边窃窃私语，好像是要故意孤立我似的。我坐在对面，看起来无精打采，意志消沉。第二天一整天，他仍是一直在强调，"我又没有变心，你怎么总觉得是我不好。"简直不可理喻，看来已经没有什么好说的了。

七十七　弱冠

五日，丈夫被拔擢为大将[1]，身份日渐荣华显赫，真是相当地“可喜可贺”。而就在这以后的日子，他居然常常露面了，还决定说：“今年大尝会的时候我启奏太上天皇[2]，让我们的儿子行成年之礼，给他授予官位[3]吧，十九日的时候。”一切安排都按照惯例，为儿子佩戴冠冕的是源氏大纳言[4]。仪式结束后，虽然当日我家方位不吉[5]，但因为天已将亮，丈夫便依然留宿在我家。虽说如此，我心中却担心这恐怕是和丈夫关系的谢幕了。

1　兼家于该年八月五日兼任右大将。

2　冷泉上皇。

3　平安时代日本男子20岁时举行弱冠之礼，以示成年。

4　源兼明，高明之兄。醍醐天皇第11子，此时为臣籍，源氏，晚年恢复皇族身份，兼明亲王。

5　作者家位于兼家宅邸当日的不吉方位。

七十八　大尝会

九月十月也在同样的状况中度过。世间皆因准备大尝会的仪式而忙碌喧嚣。我和家里的人，都在观礼的坐席上观看着仪式，看见天皇的龙辇旁的人群中的丈夫，心中突然难过起来，尽管不情愿，但心中还是因丈夫的风度而倾倒，之后，身边的人赞叹道：“啊！果然大人的风度就是常人不能比拟的啊！真想再多看看啊。”听到这话，我更是觉得心中难过到无以复加。

七十九　道纲成年

日子到了十一月，自大尝会以来，世间都十分热闹喧嚣，而这中间，却居然感觉丈夫和我拉近了距离。准备儿子的成年礼时，看见丈夫依旧生疏稚嫩的举止，觉得他才应多加练习，而做好了各种准备后，心里依旧是惴惴不安。仪式结束的那一天，在天还没亮的时候，丈夫就来到了家里，说:“今日天皇巡幸，不去虽然不太好，但夜也深了，所以我就假称有胸病，退了下来，也不知朝中别人会怎么说我。明天你让儿子穿上这件绯色的朝服再出门。”他说罢，让我竟有了些过去的感觉。第二天，因原本要和儿子一起出门的男童们迟迟没有来，便到丈夫家中集合了人马再出门，我让儿子整理好服装便出门了，丈夫带着儿子到处谢礼。因为是逢此喜事，心情自然是高兴又感动。自那之后，丈夫又遇到了因忌讳而谨慎闭门不出的凶日。听说儿子二十二日还得去他父亲那边，想着说不定丈夫也会因为方便就顺便跟着过来，而就在我的等待思索中，天却无情地亮了。

而我同样惦记的儿子却一个人孤零零地回到家中。看到这场景，我顿时摧心断肠，对丈夫的薄情惊异不已。“父亲刚才回他那边去了。”儿子说罢，天已大亮。若丈夫的心仍似以往，又怎么至于如此对待儿子呢？想到这些，心情十分沉重。这之后，也一直没有丈夫的音信。

就这样，日子到了十二月初，七日白天左右，丈夫稍微现了一下身。现在我实在没有什么闲心搭理他了，于是便把屏风摆起，不愿让他看见自己。见我心情不佳，他留下一句“喂！天都黑了，大内里召我入宫呢”，便匆匆离开，从此，直到十七八日再没音讯。

八十　雨中

今天白天开始，雨声嘈杂，下得如此凄婉，如此徒然。因此，我也就断了念想，不再奢望丈夫能来了。回忆起过去的日子，或许之前对我的种种，也并不是因为对我的爱，而是因为丈夫那多情的天性吧。过去，丈夫来找我的时候不惧风雨，而如今回想起来，过去似乎也从未有一分一秒的时间得以释怀，自己心中的期待，只是一些不切实际的奢望。啊，什么不惧风雨，如今已经没有什么好期待的了，于是整日便在雨中伤怀度过。

雨脚依旧，很快便到了该点灯照明的时间了。这时，南屋里来了人[1]。听见了那人的脚步声，暂且不顾自己不禁一阵沸腾的心，却道："原来是妹妹那边的那位来了，啊，竟然冒着这么大的风雨来了。"听到这话，一位常年知晓我与丈夫关系的侍

1　与作者一同居住的妹妹的恋人。

女，来到身前，说道："啊，换作以前，比这更大的风雨，大人也是肯定会来的。"听到这话，我眼眶中流出热泪，心中所感：

心火愿难成，塞胸烈焰因薄情，热泪沸已腾。

于是就在这反复吟诵中，也没能在床上安然就寝，而是在个不是睡觉的地方熬到了天明。

这个月，丈夫只来了区区三次，年关便至。而年末的那些事情，也与之前一样，就略去不记了。

八十一 新年

说起这几年，也不知是为何，每年的元旦，丈夫倒是都会露面，一次不差，这也算是对自己的一种关怀吧。下午未时前后，就先听见了外面热闹的声响，听到这动静，就在侍女们一边说着“来了来了”一边忙碌准备起来之时，丈夫的行列竟然从门前径直走了过去！想着也许是有什么急事，又重新给了自己一些希望，但直到夜里也一直没有动静。第二日，有丈夫的使者前来取前日拜托我这边缝纫的衣物，捎来口信说：“昨日有事经过你家门前，事情结束后天色已晚。”这话让我已经没有了回复他的心思，但旁人劝我说：“新年伊始，还是别生气了。”于是便勉强地写了一封不满的回信。之所以说出心中的这份不安，是因为他可能与之前猜测的那个叫近江的有来往通信，毕竟这件事已经在外面传得沸沸扬扬，让我十分不悦。就这样，过了两三天。四日，这次则是下午申时前后，他带着比前几日还大的阵势朝着我家这边过来了。周围的人不断嚷道“来了来了！”，但我心想，也许这次和上次一样，只是经过而已。若真是这样，那前去迎接的下人们该多么无地自容，虽说如此，心中还是有些紧张的。随着丈夫的行列逐渐接近，我这边迎接的人已经打开了宅院的中门，跪下迎接，然而，丈夫的行列还是就这么走了过去。真希望有人能理解，今日我的心中究竟是怎样的心情。

第二天是宫中大宴[1]的日子。因为会场离我家很近，这下要是不来可就说不过去了吧。我也并没有告诉别人，只是自己心中默默如此想着而已。每每听见有车驶过的声音，心里都会跟着紧张一下。夜深了，听见大家陆陆续续回府的车声，听着门外的车一辆辆驶过，心里一上一下的。随着最后一辆车驶过，一切都变得茫然，当时的一切什么也不记得了。第二天早晨，想着不能就这么算了，于是便去了一封信，然而却一直没有回信。

又过了两日，来了封回信，说："最近虽有怠慢，但是因为这段时间繁务实在太多，想着今晚过去，如何？怕你不高兴。"于是回道："现在心情正差，懒得管你。"就在我断念之际，他却不识趣地来了。吃惊之余，他却毫无顾忌地开着玩笑，实在可恶至极，把这几个月来的愤懑全部倾泻出来之后，他却一句话也没说，装作睡着了。他听着听着，突然装作惊醒的样子，

1 新年正月于皇后、大臣家举办的正式宴席。推测此处应是藤原伊尹家中举办的。

笑着说道："怎么啦？还不快来休息啊？"这态度装得简直令人看不下去，但我依然还是如石木般无情地和他过了夜。大清早，丈夫什么也没说便回去了。

这之后，丈夫竟依旧若无其事道："你心情总是不好，也是难怪，这些衣物，你帮我这么着那么着打理了吧。"实在太可恨了，于是便回信争论，然而一直到二十多日，依旧没有回信。在这"万物得时，我生行休"[1]的春日里，听着莺声，没有一时一刻不是泪水氤氲。

---

1 《古今集》歌，歌意与陶渊明《归去来兮辞》之句相近，疑似受其影响，故做此译。

八十二 空床

二月也到了十八日。据说丈夫一连在那个女人家里留宿了三个晚上，人们传得沸沸扬扬。就在这百无聊赖之间，日子就到了春分。想着既然如此，不如精进修行佛法，于是便将帐床中的褥席换成了清爽的薄席，看着侍女拂去灰尘的场景[1]，实在是想不到自己也会沦落到今日这般田地，想着想着，便道：

筵席拂埃积，若较空床夜叹息，尘数尚不及[2]。

---

1 中国古代闺怨诗中多有描写空床上落下许多灰尘的场景。此处为中国闺怨诗的影响。

2 歌意为空床上堆积的尘埃尚不及独眠夜里叹息的次数。“尘”一词受佛教中“尘”的概念影响，同时是象征数量繁多的意象。

八十三 吴竹

自此之后，我便想着躲进山寺中，进入长时间精进修行的日子。若是真能借此机会出家世人也就会逐渐疏远自己，而我自身也应遁世，发愿出家。然而，周围的人却劝我说："精进修行还是等到秋天再开始比较好吧。"而且还有产妇[1]需要我照料离不开身，还是等到这些事过去之后为好，于是便只等着下个月的来临。

就这样，对世间万物都提不起兴趣。去年春天，我曾想着讨要一些吴竹来种。直到最近，对方才问我道："献给您一些吧？"于是我答道："算了吧，活在这一切无法如愿的世间，就不要再做这种愚蠢之事了。"对方则劝我道："这是您心胸不够开阔啊，行基菩萨[2]当年种下了会结果的树木，不是为了自己，

---

1 推测为作者妹妹。

2 行基，日本奈良时代僧人，菩萨是圆寂后日本朝廷赐予的谥号。

而是为了后世的人们。”便还是将吴竹送了过来。哎呀，若是今后有人看到这些竹子，便会想到从前有位女子住在这里，一想到这些，我便含着眼泪把吴竹种下了。过了两日，雨下得很大，东风也吹得遒劲，有一两枝猛地倒了下来，不知该如何才能扶正，期盼着雨赶紧停歇，便道：

吾身似吴竹，不料倾颓忧此处，浮世将何如[1]！

1 在日语中“倾倒”与“屈从”谐音，以吴竹自喻。

八十四 雨中

今日是二十四日，雨脚暂歇，雨势暂缓，世间凄婉。傍晚时分，丈夫竟稀奇地来信了：“害怕你生起气来的样子，一连这么久都没有见。”看罢并没有回信。

二十五日，雨依旧不停，百无聊赖中，想起“不料竟欲遁入山”[1]这首歌，于是泪水不断地淌了下来：

淅沥雨脚碎，落下不辨眼中泪，忧思无人慰。

1 《后撰集》歌。

八十五　父亲的宅子

如今已是三月尽。无聊至极中，又不巧正逢自家方位不吉的凶日，想着暂时去别处避避，于是便去了在地方任官的父亲京中的宅子里。一直以来让人牵挂担心的孕妇也平安无事地分娩了，想着这下终于可以开始长期的精进修行。就在我准备各种用品的时候，丈夫却来信道："我深知自己罪孽深重，若是能原谅我，今日傍晚就来，如何？"身边的人也知晓了这封信，便纷纷劝我说："这次就别再为难大人了吧，实在是不太好。好歹这次回一下吧，当真不能不搭不理呀。"于是便只回了一句："'不见山头月，难慰心中情[1]'，真是奇怪。"想着他肯定不会来，于是便赶紧去了父亲的宅中。丈夫也一副若无其事的样子，夜深了才赶到这边。虽然心中依然是和往常一样的愤慨，但父亲这边的宅子实在逼仄，又人多口杂，于是大气也不敢出，只

1　小野小町古歌。

得用手按住胸口，痛苦地熬到了天亮。早晨，丈夫说自己还有各种事情要忙，便匆匆离去。我这颗原本应该已经死掉的心，却一直在期盼他今天会不会再来。之后，四月便在丈夫的音信全无中到来了。

□[1]也就在附近，有人便说：“门口停着一辆车，是不是大人要来了？”竟然有人如此沉不住气，令我心情不悦。这下感觉心碎得比原先更彻底了。不停劝我回信的人，也让我变得忧心忡忡。

1　原文散佚。

八十六 精进修行

四月一日，把儿子叫来说：“我要开始长期精进修行了，你也和我一起。”说罢便正式开始了。话虽如此，一开始也没有什么特别的，只是在陶器里燃上香[1]，放置到平时用来休息手臂的凭几上，然后靠近念佛祈祷。心中祈祷，我乃非常不幸之人，在世间常年以来都觉得痛苦不堪，而且如今又遇到了如此更加不幸的事，希望能早日脱离苦海，大彻大悟。一边祈祷着，一边眼泪就滴了下来。曾经的我听人说：“啊，现如今，女人都手持着佛珠，念诵佛经”时，还会想“唉，真悲惨。就是这样的女人才会变成寡妇啊。”过去我那些批判女人念佛的想法不知何时已荡然无存。每天日升日落，心情都是焦虑的，也没有闲心去干别的，虽然也没有个明确的目标，但依旧是全心尽力地修行。唉，那些当初听到了我的话的人，现在该是用多么奇怪的

1　应为粉末状或木屑状的香。

眼神来看我呢。与丈夫的关系原本就虚无缥缈，又为何当初要把话说得那么满。修行中，想着想着，没有一刻不含着泪水，要是被人看到就太羞耻了，因此一直强行忍着眼泪，日子便这样一天天地度过。

八十七 梦

修行了二十天后，当晚的梦里，梦见我剪下长发，剃掉刘海与鬓角，成了尼姑。也不知这梦是吉是凶。又过了七八天，又梦见我腹中有一只蛇，吃掉了我的肝，要把这个病治好，就必须往脸上浇水。这个梦也不知是吉是凶。先把它如实记录下来，让那些以后知道我身世的人们评评看，梦和佛到底灵不灵验。

八十八　五月菖蒲

日子到了五月。家中留守的人来信说:“您虽不在，但不备些菖蒲辟邪实在不太吉利，如何是好？”事到如今，还有什么吉利不吉利的:

我身于世中，菖蒲不顾忧心忡，事理已不通[1]。

原本想就这么回信去，但估计也没有人能理解我的心情，只得把心思一个人藏在心中。

1　在日语中“菖蒲”与“事理”谐音。

八十九　草

不吉的日子就这么过去，于是便回到了自己的家中。这下感觉到更加百无聊赖了，长雨袭来，草都生长得十分茂盛，就在修行的空隙中，把它们挖起来分成了好几株。

九十 过门不入

有一日，那令人扫兴的丈夫，又如同以前一样大张旗鼓地从我门前经过。修行中，身边的人都纷纷“大人来啦！大人来啦”地吵闹了起来。而这次也同以前一样，无论自己如何紧张激动，丈夫还是过门不入。看到我的样子，侍女们纷纷互相使了眼色。我也有两三个时辰没有说话。旁人便惊慌地问道：“哎呀，这是怎么了，您心里怎么想的啊？”甚至有人还哭了出来。我便稍稍定了定神，说道：“真的心有不甘，被世人如此议论纷纷，一直住在这破地方，早晚还是会遭遇不幸。”说罢，心中的焦虑与愤懑，简直无以言表。

九十一 后知后觉

六月一号这一天，使者来报说：“最近不吉，大人正闭门不出，但并不妨碍大人悄悄地来。”一头雾水地打开信件，只见信上说：“不吉的日子应该已经过去，不知你要待到何时，你现在住的地方，有些不方便，我也不能前往，去了感觉多有不洁，所以便一直在家中[1]。”他原本不应不知我早已回到了自己家中，想到这，心中一下子就更加难过了起来，但还是忍着情绪回了信：“许久不见来信，都猜不到是谁来的信了。我回自己家中已过了许久，你还真的是后知后觉啊。况且，你三番五次地从我家门口经过，是不是都忘记了这里是你原来经常来的地方？反正一切都是我的罪过，所以也没什么好说的了。”

1 兼家以为作者还在父亲的宅邸中。

九十二　离家

于是想了想，与其这样回忆痛苦的过去，如以前般悔恨不已，还不如暂时抽身而去。西山有座熟悉的寺庙[1]，不如上那里去好了。趁着丈夫闭门不出的日子，四号便出发了。

想到丈夫闭门不出的凶日到今日就该结束了，心中就有些焦虑，收拾东西的时候，在席子的下面，找到了一个叠好的纸包，里面是丈夫来时每次早晨服用的药，从父亲的宅子回来前就一直在那里。侍女们把它找了出来，问道："这是什么呢？"于是我便拿过来，顺势在纸包里如是写下：

药包席下藏，待君意绝空劳伤，无处置凄凉。

文中还写道："正如那首歌'身若不变，君不来见'[2]中说的那样，这世上总会有别的地方，能不让你从门前经过吧？决定

1　前文中出现过的，位于京都西北鸣泷地区的般若寺。

2　《仲文集》歌。

就是今天了。看来我这封信也是不问自答，显得有些多余了。”儿子问道：“您这是要躲到山寺中去吧，那我去问问父亲的意思。”说罢便要出门。我则叮嘱他说：“若是你父亲问，就说母亲早已离开，之前还留下了这封信，我也该赶紧追随母亲而去了。”让他把话传过去。

估计丈夫看到了我的信件，才发觉我的心中是如何焦虑，因此才回信道：“一切正如你所说，是我的不对，但总之先告诉我你要去哪里吧，这段日子去修行肯定也不太方便，就这一次，就听我的吧，别去了。我还有好多话要和你说呢，这就过去。”

闻此胸浪惊，托心与君应自明，何故今绝情？

“实在太难过了。”我读罢信件，赶紧收拾东西出发了。

九十三　山寺

山路上也没有什么特别值得一提的景致，但心中不平静，想起过去时不时和丈夫作伴前来，有时是因病前来祈祷，有时是仕途不顺前来祈愿，和他一起待在山寺中的情形，想着想着，便在长长的路途上洒下了热泪。这次出门只带了三个随从。

首先在僧房中安顿了下来，望望外面的景色，看见了围起的篱垣，此外，还有许多不知名的草茂盛地生长着，其中寂寥地矗立着一株牡丹，花已谢尽。见此“落花散且飞”的情景，脑中便反复回忆起那首歌中所说的“女容似花开，艳丽只一时[1]”，实在可悲。

热水沐浴净身后，正想着前往宝殿时，从家的方向急匆匆地跑过来一个送信的人，原来是看家的人写来的信件，读了读，

---

1 《古今集》歌。此处原文有残损，难解，一说典故为《古今集》歌，另一说，此处引用李白《春日独酌二首》中“落花散且飞”一句的训读。两说难以取舍，因此都译入译文。

信上说：“刚刚大人派人送信过来了，还叮嘱了前来的使者说，您因为这些那些的要去山寺里，让家里人赶紧先拦下来，说是大人马上就到，于是我们便实话实说，说您早就离开了，不在家。身边的人也都追过去了。禀告完毕，对面的使者说，怎么就去了寺里呢，大人似乎挺担心的，这可叫我如何回去复命。于是我们便答说，这段时间您一直想去寺里，之前说到前去修行之事时，我们还哭了出来，于是使者说，总之我先回去禀告吧，便急匆匆地赶回去了。所以，估计您那边很快就会有什么动静吧，务必做好心理准备。”读罢来信，心中不快，家里人反应一惊一乍的，对付使者的话术也欠考虑，真的是没完没了，本来也快到了每月不便之时，原本明后天就准备从寺里离开的，想着想着，便赶紧用热水净了身，登上了宝殿。

天气炎热，便开窗眺望，发觉宝殿建在特别高的地方。周围的山势把寺怀抱其中，树木丛生，别有一番风情，现在月落西沉之后，光线特别暗。为了准备第一次夜晚的修行，僧人们都忙忙碌碌，就在开始诵经之时，听见法螺吹响，方知时间已到了夜晚亥时。

九十四　丈夫上山

大门外传来了“来了来了”的声音，听见这吵闹的喊声，便放下卷帘，向外看去，看见树丛间有两三把火把。于是儿子便代我前去查看，丈夫的凶日尚未结束，因忌讳所以并未下车，传话道：“我来接你回去了，凶日到明天才结束，所以我也不方便下车，把车停在哪里才好呢？”听到这话，我对丈夫的痴态已是无话可说，于是只得回答道：“不知你怎么想的，就这么莫名其妙地跑来了，我上山来原本准备只住一晚，你尚在凶日里，以此不洁之身前来，简直是荒唐，我看天也快亮了，你就赶紧回去吧。”然而传话却没有到此结束，自此，儿子为了传话，跑了好几个来回。

台阶上下距离也有一百米，儿子实在是跑累了，辛苦至极。身边的人便劝道：“算了吧，公子太可怜了。”想让我服软。跑上跑下的儿子则说：“父亲说，尽是些没用的东西，这点事也办不妥！”说着便哭了起来。虽已如此，我依然坚持把话说绝：

“无论如何，反正我就是不回去。”于是，便听丈夫那边说：“算了算了，本来就是凶日，多有不便，也不能留宿此处，还能怎么办呢，牵车回去吧。”听罢，我总算是安心了。但儿子跑上跑下，哭着说：“我去送父亲，跟着他车就回去了，这地方我再也不来了。”我心想，亏我还这么信任儿子，他却说出这么绝情的话来，但嘴上终究还是没说出来。儿子看见丈夫的人都走了，也就跟着回去了。不一会儿，儿子呜咽着回来了，说：“我去送了，但父亲说，‘我叫你的时候你再来吧’，说罢便走了。”看着儿子的样子十分可怜，便安慰说：“傻孩子，父亲不会连你都不要的。”时间就到了半夜丑时。路途遥远，身边人道：“随从应该是临时抽调来的吧，比平时出门时人数可少了不少啊。”说着说着，天便亮了。

九十五 去信

还有些事要跟家中的人嘱咐，于是遣人过去。已是五位官的儿子说道："昨夜的事情一直让我担心，还是去父亲那边打探打探消息，看看他的意思吧。"于是便去了。我便顺便让他捎去一封信："昨夜的事情让人惊心动魄，估计你回去的时候天都亮了，我只是一直向佛祈祷，保佑你安全地到家。话说回来，你昨天究竟是怎么想的，现在让我觉得十分难堪，搞得我实在没有回去的兴致。"写得密密麻麻，写罢，又在纸边添上一句："看着以前与你一同看过的路途，来到了山寺中，感觉到无比怀念，我不久便回去。"写罢，在信上附上了长着青苔的松枝[1]。

望着晨曙，山间腾起不知是雾还是云[2]的东西，心中一阵

---

1 和歌中，青苔是象征心情凌乱的意象，在日语中"松"谐音"等待"，一说青苔附着在松枝意象受《冉冉孤生竹》中"菟丝附女萝"一句影响。

2 《高唐赋》旦为朝云，暮为行雨。另白居易《晚归香山寺因咏所怀》中有"朝随浮云出"一句。似以此为典。

感慨。白天，儿子又回到寺中来，说:“父亲出门了，所以信件就交给家仆了。”我心想，就算丈夫不出门，也不会有什么回信吧。

九十六　叔母来访

一整日都在修行中度过，夜晚也在寺里的本尊下虔诚祈祷。周遭都是山峦，白天都见不到人影。把帘子卷起来，便能听见这晚啼的莺鸟在枯萎的树木前叽叽喳喳地鸣叫，听起来就像在说：“来人了！来人了！”这声响不忍卒听，不由得把帘子放下，这也难怪，毕竟心中空空寂寂的。

就这样没过多久，身子就进入每月不洁的日子，想着下山回去，却不料京中都传言我已出家为尼，即便回去，肯定也是让自己不高兴，于是便在寺外找了个房子安身。

叔母从京中前来，说：“住得这么简陋，一定不舒心吧？”又过了五六日，便到了六月最炎热的时候。

树荫森然，看着山阴里那些暗暗的地方，竟有萤火虫不可思议地发光飞舞着。记得在京中自家，还未知人世间忧愁种种的时候，“杜鹃总惜音，不肯二声鸣。[1]”而如今，在这里，杜鹃却是放开了嗓子，秧鸡也在附近鸣叫。这住处可真是使人感到凄婉悲凉啊。

如此山中的境遇都不是拜他人所赐，而是我一心所想所愿的，就算有人前来访问探望，看到我这狼狈的境遇，也绝对不应有恨，反倒是觉得很舒心。只是，一想到这谪居深山修行之事，也是因为前世造下的宿孽，心里就很悲伤，更令人悲哀的是，这与我一同长期修行的儿子，因没有人替我照顾，日渐身体羸弱，每天和我一样，甚至做好了以吃松针度日的准备，每次看到他咽不下去的惨状，我的泪水就止不住地流下来。

就这样，心中虽然轻松，但眼中泪流不止，十分痛苦。寺里黄昏的暮钟声，交织着蝉鸣，与周围塔头[2]寺院的钟声，都争相响起，寺前的小丘上还有一座神社[3]，听见法师们诵经念佛的声音，感到一种无可救药的悲凉。身子不洁的这段时间里，昼夜都很清闲，于是便坐在廊外，沉吟深思。儿子则总是“回去吧，回去吧”地劝我。见他的样子，应该是不想让我心情感到过于沉重吧。于是便问：“为什么让我回去？”答道：“老这样也不好，况且我困了，该睡觉了。”听他说罢，我便开口道：“你母亲我现如今是一念之间便可撒手人寰的人了，唯一让我牵挂

---

1 《后撰集》歌。

2 主寺周围依存的小寺院，一般为历代住持的私人禅房演化而来。

3 自奈良时代以来，日本出现本地垂迹说，即认为日本神道教的神明为佛在日本的化身，受此影响，出现神佛习合现象，一些神社与佛教寺庙融为一体。

的就是你，从今以后我可怎么办，要不就像世人所议论的那样，与其一死了之，从世上消失，不如出家为尼算了，你就时不时来看看我，免得担心，就当是可怜可怜我了。我觉得我就应该这样就行了，只是你，生活条件简陋，饮食也不好，看着你一天天消瘦下去，心里特别难过。就算我削发为尼了，在京中你父亲也不会抛下你不管不顾的，但他肯定觉得我出家这件事实在不像话，思前想后，不知该怎么办。”说罢，儿子什么也说不出，抽噎了起来。

《叶隙之月》，歌川广重 绘

九十七 妹妹来访

大约五天后，不洁的日子结束了，于是又登上了宝殿。前几天来的叔母今天也要回去了。目送着她的车，茫然伫立，见车从树荫中渐行渐远，感到一阵寂寥。就在伫立目送车辆远去的这段时间里，身体突然开始不适，感到这不是平时一般的不舒服，于是便叫来山中修行的僧人前来加持祈祷。

傍晚时分，僧人们以诵经声为我加持祈祷，声音听起来如此凄婉，过去，一定做梦也绝对不会想到这一切会发生在我身上，想到这，心中寂寥之感陡增。甚至想将寺中的一些情景画成画，以表心中那种无法言说之情。曾经心中有过的不祥预感如今竟然成真，也许冥冥中有什么神明已经告诫过我，提醒过我了吧。卧床静思时，家中的妹妹带着一群人来到了山寺里。走近我跟前，便说："在家中绝想不到姐姐竟是这样的境遇，一到这山中来，才知晓这日子是如何之凄惨。"说罢，便抽泣了起来。这生活是我自己求仁得仁的结果，强忍眼泪却还是没忍住，又哭又笑，和妹妹彻夜相谈，说了很多。天亮后，妹妹便道："和我一同来的人有些着急，今天我就先回去了，下次再来探望姐姐，话说回来，老这样也不是个事啊。"看着她的神情有些寂寞，说罢，便安静地回去了。

九十八　使者

身体也没有之前那么不适了，目送着妹妹离开后，便眺望远处，沉思许久，这时，外面传来声响："来人了！来人了！"于是便知，有人来了，心中自有预感。只见山寺中一下子变得如同京中一般热闹非凡。前来的使者们容貌绮丽，衣着华美，人数众多，乘了两台车；马匹之众，好不热闹。便当用具，多如牛毛。尽布施之礼，来者向寺中衣衫褴褛的僧人们肆意施舍着，满地都是绸缎与布匹，顺便开口道："我们此行，都是大人的意思。大人说：'上次我如此如此安排，前去迎接，她还是没跟我回来，所以再去也没什么意思，不去了。你等上山去，帮我说教说教她。和尚们天天也不念些正经的经，像什么话？'要我说，世间应该不会有这样的人吧？若真的如世间传言的那样，您看破一切真的出家了，那如今再怎么劝也没什么意义了。我知道，大人如今不开口，您就这样自己回去，也显得十分奇怪，没有面子。所以大人会再来接您一次，若那时您再不回去，那可是要让世人看笑话了。”正当使者高傲地说着时，有人传话来说：“官仕右京某几位大人得知您深居于此，特表心意。”于是便运上来许许多多琳琅满目的礼品。为我这样已经遁身山林的人，大老远准备这么多东西送来，却更是让我伤感不已。

已是夕阳时分，使者又道：“我们还急着回去，不能天天来劝您。心中担心您在寺里过得不好，话说回来，您不准备回去吗？”于是我便答道：“现如今这状况，我是无论如何也不愿回去的。你们现在如果有事要忙，那就退下吧，毕竟你们大人每夜也不知人在何处。”无论如何，如果现在下山，一定会沦为笑柄，估计丈夫正是知道我绝对不会下山的意思才会派人来这么说的吧。想到，就算回到家中，除了修行也无事可做，于是便又对使者说：“我在这里该住多久就会住多久。”对面答道：“看来您打算一直住在这里了啊，比起其他的千千万万，最重要的是，公子得陪您在这儿悲惨地修行啊！”说罢，便痛哭着上车走了。我这边的下人前去送行，使者却对她们说：“大人也责怪你们了，你们还是听话，赶紧劝你们主人下山吧。”扔下话便回去了。这次使者来访，使人特别心寒，让我周围的人们，都哭得十分凄惨。

于是各色人等，纷纷劝我下山，我的心却依旧坚定。也不知父亲觉得这件事是好是坏，在外地任官的父亲这段时间恰好不在京中，于是便去信说明了事情的原委。父亲回信说：“暂且就这样吧，先悄悄地修行一段时间再说。”看到父亲的话，心里十分轻松。

丈夫说是要抚慰一下我的情绪，说是这么说，他却大发雷霆，看着我一个人苦居山寺，自己回去了，再也不来，不管不顾。我觉得，无论我发生了什么，他应该都不会管我了，想到这里，我便越来越想身居这山林之中了。

九十九 来信

今日是十五日，开始了斋戒[1]。为了不想让儿子吃苦，便催促他回京说："回去吃点鱼去。"于是今早他便回京去了。就在我沉思伤怀之中，天一下子暗了下来，风在松树间哗哗作响，雷声轰轰。眼看现在就要下雨，儿子路途上一定会被淋湿，况且还有惊雷，不禁担心起来，十分难过。不知是不是向佛祈祷的缘故，天晴了，不一会儿，儿子也回来了。问他道："路上怎么样？"答说："想着雨会下得很大，所以听见雷声就赶紧过来了。"听到这话，不由得为儿子感到可怜。这次儿子捎来了丈夫的信件："那天败兴而归，就算我再去接你，结果也是一样，看你尘缘已尽的样子，应该是不会回来了，万一偶然有了想回来的那一天，就跟我说一声，去接你。既然你这么惧怕尘世间的夫妇关系，那我暂时也不会去你那边了。"

---

1 从下午开始不进食的修行。

又读了读很多别人的来信，纷纷问候说：“不知你要在山里住到何时？日子一天天过去，越来越令人担心了。”第二天，给问我要住到何时的那位回信说：“我本也不想如此，但在沉思悲伤中，时间一天天缥缈地过去，日子也就长了。

“日匆未曾料，深山一入至今朝，暮钟音寂寥。”

第二天，来了回信。信上说：“苦楚担心一言难尽，黄昏之时吟咏此歌定是摧心断肠之感吧。

扶桑世亹亹，吟者不若闻者悲，故里人何为？”

读罢此歌，又陷入了悲伤的沉吟中。之前在身边侍寝的众多下人中，竟也有如此有情有义之人，居然给在寺里的侍女写来这样一封信：“从未料想如今会身处这不堪的住处，自我不在宅中侍奉以来，主人竟命途多舛得如此蹊跷，还请多多忍耐，不知你们每日侍奉主人时，是何心情呢？正如同那首古歌里说的‘贵贱皆有宠辱时[1]’真是不知怎么说才好。

舍身遁难留，世事尚浅未知愁，竟入山路幽[2]。”

收到信件的侍女将此歌朗读给我听，悲伤地不忍卒闻。就是这么一件小事，此时竟对我影响如此之深。于是便命赶紧回信，这个侍女便答道：“我本布衣，身份低贱，岂敢妄自揣摩主人的心思，但主人您的确是每日以泪洗面，见此情形，我斗胆揣测您的心情：

---

1 《古今集》歌。

2 以入深山路比喻作者出家之事。歌意为，作者尚未体会到人世间真正的痛苦便要出家，令人唏嘘。

每忆心如卒，遥想深山生一木，树下徒滋露。[1]”

儿子道：“前日里父亲的回信，还请母亲回复一下吧，不然又要被父亲责备，我还是赶紧送去吧。”于是便写道：“那好吧。听儿子的意思，感觉必须赶紧给你回信，怎么一回事，不然儿子都不敢上你那边去了。下山的日子还没定，所以没法告诉你。不知怎么回事，想想信的结尾还要写些什么，却顿感心中不快，那就不写了，诚惶诚恐。”写罢，便交给儿子送出去了。于是，又如上次那样，倾盆大雨，电闪雷鸣，心中难过至极，只得叹息不已。雷雨稍静，天色暗下来之后，儿子回来了，告诉我说：“经过皇陵[2]的时候，可怕极了。”这话让我很不好受。看了看丈夫的回信：“这次比上次夜里的情绪稍有些平和了，是因为修行的成果吧？哎呀哎呀。”

1 以深山木象征作者，以露水象征泪水。

2 不明，一说京都仁和寺西边的光孝天皇陵。

一〇〇 亲戚来访

天黑后，很快便到了第二天，一些远方的亲戚也来探望我，给我带来了很多便当和礼品。亲戚们上来就劝我："何苦要这样呢。究竟是发生了什么事呢，若没有什么要紧的，这样做实在是不太好。"于是我便把我心中所想的，身边所发生的，都一五一十地说了出来。于是亲戚们也觉得我实在凄惨，痛哭了起来。说了一整天，太阳下山时，又互道了伤感的临别之言，就在黄昏的钟声将要结束之际，亲戚们走了。这些真正能理解我心中的伤感的人，我想，应该是在嗟叹中下的山吧。第二天，亲戚给我送来了许多物品，够我在山中吃用多时。我心中感慨千万，悲伤难以言表。信上说："归途悲痛，已不知如何到的家，远远地看着树木耸立的山路，想着你在寺里时的样子，心中万分悲伤。"洋洋洒洒还写了很多：

世间若如意，山边夏草繁且密，不入此境地。

"见你在山中生活如此，却又无能为力，只能独自而归，想到这，眼中泪水氤氲，啊，你呀，看样子应该是悲伤深切至极吧。”

世间不称意，问路于谁在山里，鸣泷瀑流急。

读罢，感觉这信仿佛正与亲戚对面而谈一般，写得十分用心。心中所说的鸣泷，就是寺前流过的那条泉水。回信也就回得情真意切：“正如您前来探望时所说，真的不知为何就沦落到如此境地。”

夏草长且茂，若将吾心与之较，悲深甚于草。

“不知何时才得以下山，您既然如此好言相劝，我也不知该如何是好了。”

孑身于此地，鸣泷流水不能西，纵澄心已戾。

“想到这里，我也不是世上第一个如此便出家的人了。”

一〇一 登子来信

此外，尚侍殿下[1]也来信慰问。回信里写满了各种不安，信封上写“自西山”三个字，不知殿下会作何感想。之后的回信上写着“自东大里[2]”，实在是有意思，双方各自看后应深谙其中的奥妙。

就这样，日子一天天过去，心情也越来越沉重，有位修行的僧人要从御岳山[3]前往熊野大峰[4]一带，他留下一歌：

外山已如是，白云深心知不知，皆感君悲时[5]。

1　藤原登子。

2　从西山的视角来看，位于东边的京都就仿佛东边的大城一般。

3　前文出现的地名。

4　位于今奈良县的山脉。

5　歌意为，在这距离京都如此之近的鸣泷已然如此寂寥，无论周遭的人是否知晓您的遭遇，都感到悲切，更何况我这马上要去人迹罕至的熊野的人呢？

一〇二 道隆来访

就在这段时间里，有一天白天，大门处突然传来马嘶声，从气息中感觉到，来了很多人。从树枝间看过去，到处都是下人，纷纷朝着这边走过来。心想是兵卫佐[1]前来，只见他把儿子叫出来传话给我，说："这么长时间也没来打招呼，今天算是赔礼，便前来拜访，问候您一下。"看着他站在树荫下的样子，一下子让我想起了在京中的情形，颇有些意思。最近这段日子，前来拜访又告辞的妹妹似乎对他有些在意，说他有些装腔作势。我便答复他说："欢迎欢迎，蓬荜生辉，赶紧进来吧。正好在佛前祈祷一下，好除除身上积攒的罪孽吧。"说罢，他便从树林中进了屋子，朝栏杆这边走来，先用水净了净手和脸，然后交谈了许多。我问他："多年以前，你在这里见过我，还记得吗？"答道："当然当然，记得清清楚楚。只是最近不得机会拜

1 藤原道隆，兼家长子，时姬所生。道纲的异母兄长。

见您。”听了他的话，我脑中想起了许多不堪，声音也开始哽咽起来，于是沉默了片刻，他也感觉到了我的悲凉，便也沉默不语了。一会儿，他开口道：“让您如此哽咽伤怀，必定不是寻常之事，但我觉得，事情未必就是您想的那样，一定会看到什么转机的。”看来，他并不知道我的难过是因为什么[1]，才会这么说的吧。又说：“父亲嘱咐我说：‘你去了之后，可得注意自己的言行，别惹得她生气不下山了。’”我便问道：“为什么这么说，就算他不劝我，我也准备尽快下山了。”于是回答我说：“既然如此，那就一同今日下山吧，我护送您回去。看着弟弟从京中到这里急匆匆地好几个来回，便知事情绝非那么简单。”听罢，见我也没什么反应，他徘徊了一会儿，便回去了。其实我正在苦恼要不要就这么下山，毕竟事到如今，该来探望的人也都来过了，心中如此暗自想着。

1　一说，作者此时难过是看到自己的儿子道纲的境遇不及兄长道隆。

一〇三　丈夫前来

日子就这么过着，就在这时，从京中各处来了许多信件。打开读来：“听说大人今天应该要上山，您那边若是再不下来，世人肯定会觉得您也太无情了。到时候，大人估计也不会再去了。若之后再下山，该如何是好，只叫旁人看笑话。”大家信中都写了一样的意思，真是令人百思不得其解，不知为何会如此一致。正当我心中慌乱，想到这下肯定无论如何也得下山时，我仰仗的父亲从任上归京，便马不停蹄地就要上山来，来信苦口婆心地劝我道：“虽然我之前觉得不妨如此修行一阵子，但你看家中小孩[1]已经十分不满了，还是赶紧下山吧。今日正好也是吉日，我去接你一同下山好了。今天也好明天也好，我都去接你。”父亲说得如此当然，使我感到特别失望，悲伤难过。于是只得回道：“既然如此，那就明天。”

1　道纲。

我的心正如古歌中一般，“渔人心难定”[1]时，有人便威风凛凛地来了。心想应该是丈夫，一时不知如何是好，惊慌失措。丈夫这次无所忌惮地径直冲了进来，我害怕得只能躲在屏风后面，当然一切都是徒劳。丈夫看见我身边放着香炉，手里拿着佛珠，面前摆着佛经，便道：“真可怕，没想到都这样了，真是让人望而却步啊，我还以为说不定你愿意从寺里出来了，我这一来，反而容易坏事，没想到啊，儿子，你说，你觉得这样像话吗？”听着丈夫的质问，儿子回答道：“尽管看不下去，但我也没办法了。”之后，便低下了头。丈夫便大声道：“真可怜！”又道：“事到如今，就看你自己的意思了，你母亲若是想下山，你就备车来。”说罢，儿子便突然站起，奔走了起来，把屋里散乱的东西都装进袋中，装上车，把屋里隔断用的帷帐摘下，将屏风之类的也叮铃哐啷地都收拾好，而我则呆在一边，心中已悲伤得无法言表。丈夫将目光投向我这边，满面笑容，仿佛是在阻止我干扰儿子收拾东西，说道：“这些东西都收拾好了之后，那可就得下山啦，你和佛陀告别一下吧，不是有规定的仪式吗？”听丈夫大声地开着这天大的玩笑，我一句话也说不出，只是泪水一个劲儿地要往外流，只能强忍住眼泪。过了很久，车才备好。丈夫是申时左右来到寺中的，待到现在，山中已是需要点火照明的时间。见我对即将动身之事装作毫不知情，丈夫便道：“好了好了，我要回去了，你看着办吧。”说罢，扬长

---

1 《古今集》歌。

而去。儿子催促我说:“赶紧赶紧。”拉着我的手，都快要哭了出来，事到如今也没有办法，只得下山，心中怅然若失。

车被牵出了大门，丈夫也乘上车来，一路上，令人忍俊不禁的笑话虽然也说了很多，但我仿佛梦游，沉默不语。与我同来的妹妹，由于天色已暗，也和我们同乘在这辆车上，她却时不时地接着丈夫的话茬儿。大老远地回到家中，已是晚上亥时，京中白天给我通风报信的人们，纷纷前来准备为我洗尘接风，大门一开，也就稀里糊涂地下了车。

一〇四 归宅

心情痛苦，于是便在屏风隔出的空间里静卧，此时，在家中留守的一位下人突然过来对我说："想要留点石竹花的种子，却发现根都早已烂掉。吴竹也倒了一株，我已经叫人去置办新的了。"我心想现在也不是说这些的时候，于是便没搭理，丈夫见状，还以为我睡着了，便贴到我的耳边又问了一遍。同车而归的妹妹睡在拉门隔壁，丈夫便向她道："你听听！真是大新闻。你姐姐这种已经厌世出家、拜佛念经之人，听刚才的下人说，居然还有心思玩赏石竹花、种什么吴竹，这可真是。"妹妹听罢，不禁大笑。我听着也觉得实在滑稽，但脸上没有露出一丝笑意。就这样，夜晚也过去了一半，丈夫问道："今日哪个方向不吉？"掐指一算，果不其然，我家的方向上不吉。丈夫便道："这可如何是好，真是难办啊，不如我们一起找个附近的地方避避吧！"听到这话，我也没搭理他，心想，把我强行带回的当夜就要出去避凶？开什么玩笑！于是躺着动也没动。丈夫见状便面有难色地说：“凶不可不避，等这阵子的凶过去了，我再来好了。估计和以前一样，得闭门不出六天。”说罢，便离开了。

一〇五 避凶之后

早晨来了信："天亮了，心情十分沉重，你怎么样了？赶紧把该弄的仪式都弄了，结束修行吧，我看儿子都精疲力尽了。"见信我心想，什么呀，一封信就把我打发了。我虽也不抱什么期待，但还是想着，说不定避凶结束的那天，丈夫也许会回来。六天过后，就到了七月三日。

白天，丈夫的使者来了，传话说："大人要来，命你们在此等候。"于是我家这边便一片忙碌准备，就连近日里杂乱不堪的角落也收拾得整整齐齐，搞得我在家中也不自在，等到太阳落山，也不见人来。从那边过来的使者打圆场道："明明把车都备好了，大人怎么还不过来呢？"说着说着，天都快亮了。周围的侍女们议论纷纷："太奇怪了，要不派人去看看什么情况吧？"不一会儿，前去打探的人回来禀报说："刚才备好的车又收拾起来了，随从们也遣散休息了。"果然不出我所料，亏我等得如此焦急，心中的叹息，言说不尽。若是还在山里，一定不会遭遇如今这令人胸塞之事，我在山中早已预料到。家中的人们，也无不迷茫败兴，议论纷纷，仿佛男人连续三夜前来，确定了婚姻关系后[1]便戛然而止一般。若真是听说有什么天大的事那也就罢了，正当心里乱糟糟之时，家里来了客人。心中虽满是不快，但与客人交谈中，也就渐渐地忘却了。

1　如前注所述，平安时代男子连续三夜留宿女方家中，方宣告婚姻关系的成立。

一〇六 登子来信

天亮之后，儿子说道："我去问问父亲究竟是出了什么事情。"说罢便走了。不一会儿传话回来说："昨夜父亲身体不适，说突然就不舒服了，所以才出不了门。"听到这话，我觉得还不如不问。若是丈夫事先告诉我说"身体不适，特别严重"的话，我也不至于那么烦恼。就在这时，尚侍殿下[1]来了信，读了读，信中措辞仿佛以为我依然留在山中修行，令人感触至深："何苦住在如此破陋不堪、引人伤怀之处呢？虽说如此，听说还是有人所谓'山繁虽艰险，伊人溯从之[2]'，入山追你去了。你总说家兄已经对你绝情，我还真有些担心呢，要真说的话。

山中妹背川[3]，此情往来若似前，人踪应可见。"

---

1 登子。

2 《重之集》歌。

3 歌枕。位于今和歌山县妹山与背山中的河流，在日语中"妹背"谐音"妹兄"即恋爱中的男女。

于是回信说："本想在山中住到欣赏秋景的时候，正如古歌云：'厌世入山岭，山中若厌何处行？'[1]山中也住得烦闷，我也只得下山来了，因此也不全是因为丈夫去山里把我追回来的。我还以为世间没人能体会我心中的苦楚之甚，也不知世间是怎么看我的，您来信慰问，真的是万分感激，我也吟咏一首：

妹背山中涧，昔情与水今俱浅[2]，男女之名变。"

便回了过去。

就这样，听说丈夫过了今天四日，明天又是凶日。之后的六日，我家方位不吉，便到了七日，我依然是好了伤疤忘了疼，想着今天丈夫会不会来，天将亮时，丈夫终于来了。他辩解了之前没来的事情，告诉了我当夜的原委，还恬不知耻地说："想着至少今晚来陪陪你，为了辟邪把家中的随从们都送走后，便赶紧放下一切跑过来了。"看来他一点都不知道自己错在了哪里，我已是语塞，说什么也没什么意义。天亮之后，丈夫又说："这次辟邪的地方，家里人是第一次去，我有些担心。"说罢，便匆匆离去了。

1 《躬恒集》歌。

2 在日语中"水浅"与"薄情"谐音。

一〇七 二访初濑

这之后又过了七八天，丈夫才露面，在地方任官的父亲决定要去初濑了，我为了同去，便先搬到了之前修行时住过的父亲的宅邸。换了个地方依然不得安宁，正午时分，丈夫来访，一阵喧嚣。把父亲也吓了一跳，忙问："奇怪，谁把那边的门打开了？"这时，丈夫进到宅中，之前在此修行时用过的香散乱一地，佛珠也挂在房梁的架子上，一片狼藉，好不狼狈。当天与丈夫相安无事地度过，第二天他便回去了。

就这样，过了七八日，我们便朝着初濑出发了。巳时左右，从父亲家中出发，带了众多随从，声势浩大地上路了。未时前后，到达了故人按察使大纳言在宇治的庄园。随行的人们人声鼎沸，而我却毫无兴趣，环视四周，感慨无限，早就听说这里的景致是用心营造过的，果不其然。这个月是按察使大纳言殿下的周年忌日，想着也许再过不久，这里也会慢慢没落荒芜掉吧。负责看管此处的人设宴款待了我们，餐具与物品，都是大纳言殿下生前的心爱之物，有三棱草编的帘、鱼簖做的屏风，槅段则是黑柿木的架子上挂着枯叶黄的绸缎，每样都是特地挑选出的，看起来别有风情。路途劳顿，又加之有风，头也开始有些疼了起来，于是便搭起防风的用具。朝外望去，天色已暗，河面上，鸬鹚渔舟，点点渔火，此景美不胜收，天下无双。于是也忘了头疼，卷起屋边的帘子，向外眺望，感慨万千，自己当年一时兴起，前往初濑，归京之时，曾与丈夫一同前来，那时按察使殿下尚在，赠予我们各种珍馐美味，实在是感激不尽，不知前世是何因缘，竟有此等举杯交欢之日，夜里难合眼，便在沉吟中熬到了天亮，看着河中上下往来的鹈舟[1]：

不眠望拂晓，何故君心内外焦，鹈舟上下漕。

只记得吟歌如此。于是又看，拂晓时分，渔人捕鱼，又是一份独一无二的景致，令人感怀。

天大亮之后，便匆匆出发了，贽野池、泉川，依稀与初见时一模一样，没有丝毫变化，令人感怀。心中涌起千言万语，但因路途的喧嚣，已然忘却了。停车于一片名叫“世转”的森林[2]，用了便当，所有人都吃得津津有味。想着顺便去参拜一下春日大社[3]，当日便留宿在社中的旅房中。

从社中启程时，风雨大作，朝着三笠山[4]出发，虽说地名里

1　以鸬鹚捕鱼之船。

2　一说在今京都府南部。

3　今奈良春日大社。

4　奈良市东部的山丘，即阿倍仲麻吕著名的《望乡歌》中所见之山。

有笠，面对这么大的风雨也无济于事[1]，很多人都淋得浑身湿透，好不容易才到达社里，于是供奉了绢帛后，就朝着初濑出发了。在飞鸟寺中[2]供了明灯，等着重新把车辕挂回到牛身上的工夫，我环顾四周，发现了这里的宅邸树木整然，庭院清洁，井水清冽，让人忍不住想捧起饮用。总算见识了古乐中所唱的："人间应住飞鸟井。"[3]然而雨依旧下得很大，让人束手无策。

好不容易到达了椿市，如以前一样，在各种准备中，太阳便已落山。风雨依旧不停歇，虽然把火生了起来，却被风雨吹灭，四周漆黑，仿佛如同置身梦中一般，感到气氛十分诡异，甚至开始担心起自己的安危。终于，摸索着来到了寺中的祓殿[4]，虽不知雨下得如何，听见外面激烈的流水声，便知道雨依旧很大。登入宝殿之时，心情痛苦至极。虽心中有许多虔诚的愿望要祈祷，但忍耐到这时候，意识都已模糊，于是一直到天亮，便什么也没祈祷成。大雨依旧，昨天吃了雨的亏，所以今日便熬到了午间才出发。

在那片静默之林[5]外，就连平日里最吵闹的侍从们，也又是挥手，又是摇头地经过，仿佛水中的鱼一般，张着嘴，不出声，

---

1 在日语中"朝着三笠山"与"打伞"谐音。

2 今奈良市元兴寺。

3 《催马乐》飞鸟井。

4 供拜佛之人祓除污秽的场所。

5 传说经过时不能出声的森林，若出声，会被神灵夺去声音，不能说话。具体位置不详。

那样子实在滑稽有趣。回到椿市，大家纷纷想着赶紧结束修行的仪式，但我不打算就此结束，想着要继续修行。从这里开始，沿途招待我们的地方，数不胜数。送来的礼物，应有尽有。

泉川的水涨了起来，正说着怎么办才好之时，当地接待的人便道："从宇治那边调来了可靠的船夫。"于是男人们商量后决定道："一直乘船还是太麻烦了，不如还是像来的时候那样，先渡了河再说吧。"而女人们则商量说："我们还是乘船吧。"最终还是大家一起乘上了船，大老远地顺流而下，体验到了船夫那娴熟的操船技术。桨夫们也开始放声歌唱，接近宇治的时候，便上岸乘上了车。今日家中方向不吉，于是便先停留在了宇治。

鱼鹰表演一切准备就绪，鹈船一下子铺满了整个河面，不尽其数。"走吧，凑近去看看。"侍从便将平时用来支撑车辕的榻桌取来，下到河滩下。鹈船往来穿梭，近在脚边。我之前还没有见过如此壮观的鱼群，因此看得十分起劲。虽然旅途劳顿，却早已忘却夜色已深，正看得入神之时，身边的人说道："还是请回吧，接下来也没有什么精彩之处了。"听罢，我应声答道："那好吧。"便上岸回去了。依然看得不尽兴的我，和去程时一样，就着篝火一片，看了整整一夜。稍微打了一个盹儿，船边传来的叩响声，仿佛是故意把我惊醒。天亮之后，方知昨夜捕获了许多的香鱼。之后将鱼当作礼物送至各处，也是别有一番情趣。太阳高照时出发，天黑才到达京都。我想着赶紧从父亲家启程回自己家，但身边的人已是疲劳不堪，因此也就作罢了。

《平安时代的美人》，梶田半古 绘

一〇八 中卷尾声

第二天白天，丈夫往父亲宅邸来了封信："本想着去迎接你，但考虑你父亲也在，所以想着不便擅自前往，你若回到自己家了，我便马上就到。"读罢，大家纷纷催促道："赶紧赶紧。"于是便急匆匆赶了回去，之后不久，丈夫竟突然现身了。他这么做，也许是察觉到，我正在无可救药地为往日感到悲伤吧。第二日清晨，丈夫说："相扑节的还飨[1]就要到了。"为离开找了个合适的借口。之后的日子里，丈夫早晨离开时，总是找些冠冕堂皇的理由。想起"虚言已遍听，不辨谁真情[2]"这首古歌，心中便悲伤无比。

明天就要到八月了。从今日起的四天，都是丈夫闭门不出的凶日，因此这之前他一次也没露面。还飨结束后，听说他又要去

1 相扑节会后，由近卫大将主持的宴会。此时兼家兼任右近卫大将。

2 《古今集》歌。

某处深山的寺庙中祈祷修行一阵子。过了三四天，也不见音讯。有一日，雨下得很大，丈夫来信道：“山居之人往往心中寂寞孤独，听说一般会有人前来探望，似乎有人也抱怨说：‘不问心生怨[1]’。”于是便回信说：“住在山中得有人来探望这件事，我不仅比谁都先注意到，而且比谁都感同身受。况且古歌也不一定都对，明明是泪水已流尽，如今一滴不剩了，不知为何古歌中却说‘心若叶色变，泪似雨涟涟[2]’。”之后丈夫又有些回信。三天过后，丈夫来信道：“今日下山。”之后，傍晚便见到他的身影。如今已然无法了解丈夫的真心究竟如何，因此我也就表现得态度冷淡，而他却一脸无辜，每隔七八日，就到我家中来一趟。

九月末的晦日，天色十分凄凉，加之昨日今日，寒风呼啸，大雨倾盆，使人感到无比哀伤。眺望远山，仿佛被涂成了绀青色，似乎就要下雹雪了。我问身边人道：“原野的景色如今应是正美[3]，何不前去欣赏呢？”身前的侍女便答道：“确实，眼下不知该有多美，不如下次再悄悄地去一趟初濑吧。”听罢，我便又失落地说道：“去年，为了测算自己的命运，到处寻仙访神，见证了石山寺佛陀的灵验，还是到明年春天时再出发吧，话说回来，我心已然如此忧郁，不知还能不能撑到那个时候。”

于时袖湿沾，长雨绵绵徒嗟叹，此身被误耽。

最近常觉，人间也再无眷恋的意义，只剩痛苦与无聊。这

---

1 《后撰集》歌。

2 《元良亲王集》歌。元良亲王，阳成天皇皇子，传说生性风流。

3 寒雨过后，山原中的树叶变色，美不胜收。

种状态一直持续了二十多天，每日只是晨起夜卧，无所事事。虽自觉生活已变得十分异常，但今晨仍不知该如何是好。早晨，向外张望，看见屋顶的白霜。童仆依旧身穿昨夜入睡时的衣服，吵闹着道："我们来施一施防止冻伤的法术吧。"样子十分惹人怜爱。下人一边用袖口挡住嘴，一边念叨着："啊啊，真冷，这霜怕是令雪都要汗颜。"听见这些平日里赖我为生的人们小声嘟哝，我的心中一阵烦躁。十月，也在不舍中匆匆度过了。

十一月，一切依然如旧，到了二十几日，丈夫这次是过了二十几天才现身，而这期间只是来了两次信。心中虽然不平，但早已万念俱灰，心境孱弱，其间的细节也记不太清了。丈夫来信说："最近总是四天四天的凶日，我估计今天总算能上你那边去了。"简直是莫名其妙。这已是今年最后一个月十六日的事情了。

过了一段日子，天空突然阴霾，下起了雨。估计丈夫一定又为难了吧，会说"这下没法去你那儿啦"之类的。想着想着，就到了黄昏时分。雨下得很大，来不了也是情理之中，但放在过去，丈夫可不是这样的，想到这里，泪水氤氲。心情一下子就伤感了起来，忍也忍不住，于是派人出门送信说：

如今徒思悲，曾约风雨不相违，断绝无人慰。

写罢，估算着使者应该已经到了丈夫家时，屋子南边紧闭的窗棂外，突然有了来人的气息。下人们都没有注意到，只有我感到了异样，打开屋子的侧便门，丈夫便哧溜一下钻了进来。原来是雨下得太大，以至于下人们都没听到声响。直到现在，家里的下人们才高声大喊：“赶紧把车停进来！”丈夫一开口便说了很多：“哪怕是夫妇间多年的隔阂，我觉得经过今天大雨中奋不顾身前来探望一事，都能相逢一笑泯恩仇吧。”又接着说：“明日起，那边的宅邸方位不吉，后天开始又是闭门不出的凶日，可不能掉以轻心。”想到前去送信的使者正好与丈夫擦肩而过，一下子安了心。夜里，雨停了，于是丈夫留下一句：“既然如此，傍晚我再来吧。”之后便回去了。因为我这里方向不吉，无论怎么等待，丈夫也没有现身。之后又来信说：“昨夜有客人前来，结束后夜就深了。之后又让人诵了经，然后就休息了。想必你心里又担心了吧。”

自我从山中谪居归来后，便被取了一个“雨蛙[1]”的绰号，于是去信：“既然我这边方位不吉，那其余的方向应该就没事了吧。”心中多有不满：

车前苿苡草，君言薄情来意渺，相约却别了。

吟歌如此。于是，时光流逝，就到了月末。

有人告诉我说，丈夫每夜都去我厌恶的地方[2]留宿，日子就在这煎熬中度过。到了追傩的时候，此时的心情，已经毫无波澜，周围的人，无论是孩子还是大人，都大声地喊着：“鬼出去，福进来！”只有我，在一旁静静地看着，心想，追傩这种

1 在日语中谐音“当了尼姑又回来”。

2 指近江。

东西，只有在那些没有家门不幸的宅邸里才会灵验，才有点意义吧。听见周围有人说道："下大雪啦！"在这一年行将结束的时候，无论对于什么事，心中都是一阵彻底的绝望。

《雪岸边的野鸭》，歌川广重 绘

《源氏物语绘卷＜柏木 二＞》，佚名 绘

下卷

一〇九 新年

就这样，此夜天明之后，便到了天禄三年[1]，预感到今年无论是忧愁还是痛苦都能一扫而空，于是想着让儿子穿上大夫的装束，好送他出门前去拜贺。儿子跑进院中，见到我便给我行了拜年之礼，见他更加英姿飒爽，我感动得热泪盈眶。原本想着开始修行，然而从今夜起，身子却开始不洁。世人都说，正月里来月事实在是不吉利，不知今年往后的日子究竟会怎么样，不由得一个人担心了起来。然而即便如此，心中依旧想着，不管丈夫今年做出如何令人憎恶的举动，我也不会因此唉声叹气，因此情绪便也一阵平和，十分轻松。三日便是天皇的成年礼，世间好不喧嚣热闹。眼下正是白马节会[2]的时间，但我毫无兴趣，百无聊赖中，七日的一整天就这么过去了。

1　本文中第一次出现具体的年号。

2　正月初七天皇览白马的活动。相传这一习俗源于古代中国正月骑青马辟邪的习俗。

一一〇 下人问答

八日，见到了丈夫，他对我说："最近这段时间，节会很多。"第二天早上，丈夫即将回去之时，随身的侍从在外等待，其中有一个人如是写下，交给了我这边的侍女：

下野国二荒[1]，桶盖不似镜面光，不映君面庞。

侍女往盖子上盛上了些酒菜，又在陶器上写上回复道：

有盖却舍身，诚意寥寥应无魂，酒菜才是真[2]。

就这样，丈夫的态度模棱两可，说断不断，说来不来，世间的正月正是喧嚣的时候，还没来得及专心修行，整整二七十四日就这么过去了。

---

1 下野国即今群马县，二荒为当地地名，在日语中谐音"盖子"。

2 只见桶盖，"不见桶身"双关恋爱中的"舍身"，此歌中侍女调侃侍从没有真心实意，花言巧语实为骗吃骗喝。

一一一 旧衣

十四日时，丈夫派人送来旧袍一件，附上书信说："把这个重新缝缝，翻新打理一下。"告知了我下次要穿的时间，正心想还不着急之时，第二天使者却来催促我道："要来不及了。"还送来了丈夫的和歌一首：

久待心焦急，着柔念君捣唐衣，常往情不移[1]。

叫我衣服别弄了，赶紧还给他。那我偏不按他的意思来，把衣服弄好了才给送过去，也没有附上书信。不久丈夫来信道："衣服打理得确实没话说，只可惜你的态度不太好。"于是便生气地回道：

患君索要急，毕竟旧人做旧衣，喧哗总无益。

便遣人送去了。那之后，丈夫回信说要忙除目[2]的事情，于是便再无音讯。

---

1 在日语中"常往和睦"与"衣物穿软"谐音。

2 正月中任命新官员的仪式。

一一二 兼家晋升

今天是二十三日，还未把窗棂取下之时，身边侍女中有人起来，打开家中的便门，正当她道“下雪啦”之时，忽闻莺鸟的初啼。然而，今年心态又老了一些，往年那些了无益处的自言自语，竟也想不起来了。

二十五日除目的那天，外面嚷嚷着，说丈夫晋升为了大纳言，然而，对我来说，心却变得比原来更加不自由了，因此，那些人们写来的贺信，在我看来反而像是嘲笑讽刺，实在令人郁闷。只有儿子，没有喜形于色，只是暗自开心。第二天，丈夫来信问道：“你怎么也不问问我究竟多么欢喜？害得我觉得空欢喜一场。”

月末晦日的前后，丈夫又来了一封信：“是发生了什么事情吗？这么久不联系，让我心里惴惴不安的，为什么也没个音信，真薄情呀。”信的结尾处，他不知是不是因为词穷，居然把我想说的给抢来说了。猜想今日丈夫应该是不会来了，于是便回信道：“你在天皇御前启奏忙碌，想必是没什么空闲，况且对我来说，这些事也没什么意思。”

《藤原兼家像》，菊池容斋 绘

一一三　夜半叩门

境况虽已如此，但如今也感觉不到什么痛苦悲伤了，心中反倒是万分轻松，正当夜里没有心事，睡得安稳踏实之际，被敲门声惊醒。正觉得奇怪之时，下人开了门，心中一阵慌乱中，似乎只听见丈夫站在屋旁的便门外说道："快点开门！赶紧的！"站在我前面的下人们此时竟怠慢松懈，有的甚至还藏了起来。这场景实在让人看不下去，于是我只好亲自走近便门说道："你最近几乎不来，以至于我也不用再'门户虚掩待君眠[1]'了，所以门锁得特别紧。"说罢便把门打开，他则反讽道："难道不是因为你知道我要来，才故意把门锁上的吗？[2]"这夜的拂晓时分，听见风吹松树作响，声音特别大。我一个人入眠的那些夜晚，从未有过这样的声响，似乎我一人独眠时，冥冥之中

1 《古今六帖》歌。

2 "朝着"与"锁门"同音，兼家的玩笑。

有神佛相助一般。

记得那天天明后，日子应该就到二月了。雨下得很舒缓闲适。安上之前取下的窗棂，心情却不似以前般焦虑着急了，或许是因为察觉到下雨，丈夫一时半会儿便也走不了了吧。话虽如此，但心中依旧是不相信丈夫定会留在这里的。过了一会儿，丈夫起身出来问道："我的侍从们来了吗？"柔软的便服里，垂着一件红色光泽的熟绸内衬，正当丈夫衣带缓缓地走出去时，侍女们见状劝道："请用些饭吧？"他却面露欣喜地说道："之前从来也没吃过，算了，吃什么？不吃了。"又吩咐道："赶紧把我的刀拿来。"儿子便取刀拿来，单膝跪在帘子边。丈夫悠闲地在屋外踱步，说："你把院子里种的东西都给胡乱烧掉了啊。"于是便站在原地，叫来一辆搭着雨棚的车，侍从们轻松抬起车辕，丈夫便乘了上去。把车帘放下来整理好，便从中门把车拉了出去。随从们那驱赶行人回避的喊声显得泰然自若，听起来好不得意，不偏不倚地戳中了我的怒火，令人生恨。

最近一段时间，风特别急，于是便也不取下南面的窗棂了，今日，目送着丈夫回去后，稍过了一会儿，雨便下得正好，十分悠然，庭院虽然已经荒芜不堪，但草还是一片绿意盎然，看起来令人感怀。白天，又起了风，天空虽然放晴，心情却莫名其妙地有些烦恼，沉吟不语到日暮时分，一天便也结束了。

《风流锦绘伊势物语（二十四枚）》，胜川春章 绘

一一四　春寒

日子到了三日，夜里突然下了雪，积了大概三四寸厚，如今依然在下。将帘子卷起，向外眺望，只听见家里人抱怨“真冷啊”的声音此起彼伏，风刮得也很急，让人感到世间苍凉。

这之后，天也晴了，八号左右，就搬到远在地方任官的父亲那在京中的宅邸去了，一去便发现那边聚集了很多亲戚，年轻人们演奏着筝和琵琶，旋律正好和时下这春天的气息相得益彰，于是便在欢乐笑声中度过了一整天。第二天早晨，客人们回去之后，心情依旧平静闲适。

回到自己家后，马上就收到了丈夫的来信，拿来一读：“凶日漫漫，一直不结束，到任新职的仪式，也小心谨慎而为。想着今天赶紧过去你那边。”感觉写得十分用心。于是回完了信，心想，信虽写得真切，但人未必真的很快就会来，如今我已是他在外不愿启齿、渐渐忘却之人。这样想来，心中竟反而感到轻松，这心境的变化着实令我惊异万分。正午时分，听闻外面

《源氏物语绘卷 · 二十贴 · 朝颜》，土佐光起 绘

大声叫喊:“大人来了，大人来了。”正当一阵慌张之时，丈夫便溜了进来，搞得我十分狼狈，勉强对坐，心神不定。过了一阵子，下人们把餐桌端了上来，稍微用了一些餐食，便觉已到了黄昏时分，“明天便是春日祭[1]，今年决定由我派人去敬献绢帛。”丈夫说罢，便穿上华丽的装束，率领着人数众多的随从，大张旗鼓地驱赶了行人后，便出发了。很快，侍女们便围了过来，抱歉地问我说:“大人来的真不是时候，趁我们都懈怠的时候就来了。大人没责备我们什么吧？”我心想着，比起你们，我看起来难堪万分，他厌恶的，应该是我吧。

也不知为何，这段日子里，天气总是阴晴不定，感觉今年的春天格外寒冷，夜月皎洁。十二号，东风吹雪，散落一片[2]。从正午起，雪变成了雨，一直静静地下到黄昏，世间凄婉。丈夫至今也没有来信，虽也是意料之中，加之一想到接下来的四天，又是他闭门不出的凶日，心中便也平静了一些。

---

1 春日大社的祭奠，每年二月与十一月的上旬的申日举行。

2 “昨夜东风吹尽雪”，《送客东归》，唐代李端的诗。

一一五 解梦

十七日，雨依旧下得舒缓闲适，想到今日，自家正处于丈夫家的不吉方位上，便感世间一切都特别寂寥。去年访问石山寺时，每夜心中感到孤寂时，总有一位法师，一边虔诚地诵陀罗尼[1]，一边在礼堂内拜佛。问罢，答道："去年上山修行，一直在做戒谷食的修行。"于是我说："既然如此，请替我祈愿吧。"此时，这位法师来信了，信中说："刚刚过去的十五日夜里做了一个梦，梦见夫人您袖中藏了日月，月在脚下踏，日在胸前抱。找个解梦的给解解看吧！"真烦人，大惊小怪的，心疑他是不是胡说八道，觉得愚蠢不堪。正当我不打算特地找人解梦之时，却正好来了个会解梦的人。于是我便装作是他人之事，与自己无关的样子，问了问，果不其然，解梦人大惊道："究竟何人所梦？"又道："若按天皇之意行事，定会在政事上如愿以偿！"

---

1 梵文咒语。

事后，我对身边人说：“果然和我料想的一样，此人解梦果真言之不虚，但我依然觉得传话来说梦的僧人着实可疑，这件事一定要保密，实在不得了。”于是事情便告一段落。

此外，身边还有人说自己梦到这所宅邸变出了大臣府上的四角门[1]。于是解梦人说：“此梦预示，此处将出大臣公卿。这么说的话，我想您的丈夫，不日便应可位列大臣。不，不是丈夫，应该是贵府的公子。”

我便也趁机问了问前天夜里做的一个梦，梦见右腿的里侧突然写着“大臣门”三个字，于是吓得我赶紧把腿缩了回来。解梦人答道：“此梦与刚才所梦的为同一事。”我虽然心觉这事十分荒唐，疑窦顿生，但毕竟以丈夫的家世，我家中出个大臣也不是荒诞之谈，儿子说不定还真有意想不到的好运，心中如此暗暗想着。

---

1 三位以上的大臣宅邸所用的高等级住宅形制。

一一六　兼忠女

话虽如此，但就凭着现在的夫妇关系，将来的事情心里实在没有底，我膝下只有这一个儿子，这些年来，四处求仙拜佛时，把求子这件事也给说尽了，最终也只是如此，加之如今年岁已大，无论如何，也想找个地位出身还过得去的女儿，领回来照顾照顾，于是便和儿子商量一番，好让我临终时也有个托付之人。最近这段时间有了这个想法，和许多人也商量过了，正值此时，有人道："大人原来还娶了源宰相兼忠[1]的女儿，她膝下有一女儿，生得美丽可爱，既然有这样跟公子同父的女孩，何不问问对面的意思呢？听说她现在住在志贺山麓[2]，跟着她出家的兄长一起生活。"我也接道："对对，的确是有这么一回事。

1　源兼忠，阳成天皇皇孙，此处"宰相"指正四位官参议。一说阳成天皇父清和天皇之孙。

2　位于比睿山以南，大津市以西。

先帝阳成院[1]的后人。宰相大人去世时，丧期还没结束，丈夫又生性风流，岂可错过这样的女子，一来二去之间，就成了这样的关系。刚开始，丈夫因自己好色的本性而接近她，但这位又不是国色天香，加之年龄也大了，所以也就愈发地与丈夫疏远了吧。话虽如此，丈夫与她还有些书信往来时，曾去探望过她两次，不知为什么，只给她送去过单衣。还发生过些其他的事情，但我给忘了。什么来着？好像是：

旅宿且越关，刈草作枕虽为暂，岂是一夜欢。

总之写了这么一首稀松平常的歌给她。于是她也回了一首不怎么样的歌：

旅宿寝难安，草枕初尝只今番，此事未曾谙。

歌虽如此，丈夫却回答说："此夜你对于我来说是所谓旅途不假，但怎么连你也把我当成是旅途呢？"听到这话，当时我和丈夫便一起笑了起来，之后和她也没有什么印象深刻之事，有一次不记得她因为什么回了一首歌：

露重泪也潸，夜复一夜又湿沾，思火[2]烘袖干。

而就在这之间，丈夫与她的关系愈加疏远，之后才听丈夫说起："听说之前那个女人生了一个女孩，说是我的，那估计应该是吧，要不领回来在你这里养着吧？"说的就是那个女孩吧。

1　阳成天皇，因政治阴谋被迫让位于祖父文德天皇之三弟——光孝天皇，自此皇统从文德、清和、阳成一系转移至光孝、宇多、醍醐一系。政治上大权旁落的阳成天皇后人，此时政治地位并不显赫。

2　在日语中"思"与"火"谐音。

要我把她接回来作养女。

我话说完，便去信一问，发现这个连自己父亲都不甚了解的孩子，如今已经到了十二三岁的年纪，一个人跟随着母亲，生活在志贺山的东麓，这地方前望大湖[1]，后见山尾，是一个孤单寂寞到无法言表的地方。听到这消息，站在对方角度设身处地思索了一番，首先想到的是，住在这种地方，其中的悲伤凄凉应让人对世间毫无眷恋但又难以言表吧。

这女子同父异母的兄长在京都当了和尚，替我传话的人，则是她兄长的旧知，于是便将和尚唤来商量一番，他便留下话说："哎呀哎呀，要我说，这可真是太好了。本来在妹妹那边养着，实在是没有依靠和保障，现如今可能就差出家为尼了，最近几个月一直都住在那边。"之后第二天，和尚便去了山越[2]，他妹妹心生疑窦，觉得平日里对这边不闻不问的异母兄长，怎么突然专程跑了过来，于是便问："为何而来呀？"稍等片刻，和尚便将养女一事和盘托出，然而一开始，他妹妹也没说答应与否，不知心中是怎么想的，只是放声痛哭，平和了心境之后，说道："我这一生，如今在此应该也气数将尽，但把女儿也牵连拖累在这个地方，我虽实在于心不忍，之前的确没有什么良策，只得如此了。如今若是真有此事，不管怎样，都由兄长来定夺吧。"于是和尚第二天回来，告诉了我事情的原委。得知她妹妹

1　琵琶湖。

2　从京都通往志贺山的山路。今京都市北白川一带。

的反应竟和我之前预想的如出一辙，不知是不是因为有前世的因缘。正当我感怀至深时，和尚说:“既然如此，那就请您先去一封信件吧。”于是我便答说:“那肯定呀。”于是便如此写道:“这些年都没有机会去信问候，但那边的情况我一直都有所耳闻，您应该也知道，此次来信的，并不是什么可疑之人吧。话虽有些奇怪，但想必您已从出家的兄长那边听说了我一直没有女儿的苦衷，想必您一定可以理解。听说您很高兴地答应了，于是便想着去信答谢还礼，请求收养您女儿的要求实在是有悖常理，但不然您女儿将难逃出家为尼的命运，虽然是深受您宠爱的掌上明珠，但还是希望您能忍痛割爱。”信送过去后，第二天，来了回信，说:“非常乐意。”似乎就这么很高兴地答应了。上次她与兄长对话的经过，也如实地写在了信中。与此同时，我也的确十分同情她的处境，感慨万千。于是我们之间的通信又写了很多，最后她说:“临文涕零，泪如云霞，朦胧遮眼，不忆信中，究竟何言。”实在是写得真切。

一一七 迎接养女

自那之后，与对面又通了两次信，就把事情都定好了，于是那位当和尚的兄长便前去将女孩接到了京城，留下孤身一人的母亲，那场景想必定是悲痛。女儿离去时，当母亲的又怎能轻易放手呢？只是，想到或许会有照顾她的父亲，心中才有些慰藉吧。虽会这么想，但我这边其实也很难得到丈夫的关注，若到时候丈夫对女孩不管不顾，反而会更加可怜吧，我心中平添了一份担忧，不知如何是好，但因为已经和对面约定好了，现如今也不应该再反悔了。“这个月十九日，是个不错的吉日。”于是便就这么定了下来，决定那天和尚去那边接女儿回来。为了掩人耳目，只是备了一辆清爽干净的竹箔车，四个随从骑着马，还带了许多下人。儿子乘上车，车后面载着知道这次事情内情的人。

今天，丈夫稀奇地来了一封信，于是这边就商量说：“万一丈夫要来，被他撞见了也不好，赶快把孩子接过来，暂时还不想被他知道这件事。”于是大家商量半天，觉得事到如今也没用了，决定一切只能靠随机应变。结果丈夫先来了，正当我束手无策之时，不一会儿，接女儿的一行人便回来了。丈夫问道：“儿子这是去哪儿了？”于是我便搪塞了过去。但一想到，如今也得为将来坦白做打算，于是又告诉丈夫说：“我在这儿也不胜孤单，于是就收养了一个别人不要的孩子。”听罢丈夫便道：“出来看看吧？谁的孩子呀？我现在也老了，正好你找个年轻人，好把我给扫地出门。”说得十分滑稽可笑，于是我质问他：“既然如此，那我就给你看看吧，但你会把这孩子当成自己的孩子一样疼爱吗？”问罢丈夫答道：“那好，一言为定，就这么办吧。快，快！”我也早就着急想看看了，于是便把孩子叫了进来。

孩子看起来比听说的实际年龄更小，感觉十分稚嫩。唤她过来，命她起身站立，站起来后，身高不足四尺，不知是不是头发不多的缘故，发梢看起来十分纤细，似乎被剪过了，头发比身高还短了四寸长[1]，虽看起来可怜，但发型还算优雅，容貌也很高贵。丈夫一见，便开口说：“哎呀，实在可爱，这是谁的孩子，快说，快说！”心想着，这事说出来也不丢人，便决定把真相告诉丈夫。于是答道：“你觉得可爱吗？那就告诉你吧。”说罢，丈夫更加催促我了。只得答道：“你坐好了，别吓一跳，其实是你的孩子。”说完，丈夫十分吃惊道：“怎么会？怎么

1　平安时代的女性贵族以长发为美，头发往往比自己的身高更长。

会？哪里的孩子？”见我没有迅速回答，他又说：“难不成是上次说的那个孩子？”我便回答：“的确如此。”丈夫听罢感动得哭了起来：“真是太好了！我还以为这孩子已经不知流落到何方去了，想不到已经长得这么大了。”这孩子不知心中作何感想，也俯身下去哭了起来。周围看着的人，也感怀至深，如同古时物语[1]中的场景一般，纷纷哭了起来。我几度扯着内衬的衣袖强忍了多次，最终还是哭了出来。于是丈夫又开玩笑说：“一切这么突然，还以为关系已断，如今那边肯定不会让孩子到这边来了，没想到就这么来了，我把她带回去吧？”于是大家又哭又笑，就这么到了天明，才渐渐入睡。

第二天清早，丈夫准备回去，便把女儿叫了出来，又看了看，果然十分惹人疼爱。于是大笑着开玩笑：“我现在就带她回去，车来了就赶紧上车吧！”说罢便走了。自那之后一段时间里，丈夫每每来信，一定会问：“小孩子怎么样啦？”

1　流落天涯的子女与父亲再会，是日本叙事文学中常见的情节。

一一八 火灾

这之后，二十五日的夜晚，夜将阑珊的时候一阵喧嚣，原来是失火了。地方非常近，听见那边的叫喊声，才知道原来是那令人憎恶的地方[1]。二十五六日虽正是丈夫闭门不出的凶日，却这时遣人过来送信，还捎话说："这是悄悄送来的。"信上写了些亲密的话语，现如今，就连给我来信这件事，都足以令人觉得不可思议了。二十七日，我家在丈夫家不吉的方位上。

1 近江家。

一一九 春意盎然

二十八日，未时前后，家中便吵嚷着："大人来啦，大人来啦！"于是打开中门，只见牵车进来时，车前有好多的侍从，有的扶着车辕，有的把车帘卷起，簇拥在车帐左右。侍从拿来支撑车辕的小榻桌，丈夫便小跑了下来，从盛开的红梅下走过，面似红梅，满面春风，高声唱着歌谣道："哎呀真不错！[1]"边唱边进了屋子。第二天，又是南边方位不吉[2]。于是丈夫质问我："为什么没提前告诉我？"我反问道："我若是告诉你了，你又打算怎么办呢？""早知道我就去别的地方避避。"他答道。听到这话我也毫不示弱："看来今后我得多加揣测你的心思啊！"二人谁也不让步。最近，我在教授女儿写字与和歌[3]，虽然我觉

1 神乐歌。

2 丈夫宅邸位于作者家南边。

3 贵族女子的基本教养。此处写的字，指日语草假名，并不是汉字。

得这样已经足够了，但丈夫仍旧不满道：“辜负了我们的期待[1]可不太好，下次和我那边的女儿[2]一起参加成人的仪式，着成人的装束吧。”说着，天也快黑了。“去哪儿都一样，反正不能直接回家，既然如此，那就正好去拜谒一下冷泉院[3]吧。”丈夫说罢便声势浩大地出了门。

这段日子，天气也变好了，春意盎然。“非暖非寒漫漫风”[4]中，梅凭风信开，花香引莺来[5]，百鸟和鸣之中[6]，一切听起来都十分安稳和睦。朝屋檐上望去，筑巢的燕雀出入瓦缝间，冰雪尽消融，庭草露姿容[7]。

---

1 指入宫成为皇妃。

2 藤原诠子。兼家次女，时姬所生，后为圆融天皇妃，一条天皇生母，尊号东三条院。

3 冷泉上皇尊号与住所，兼家供职之处之一。冷泉天皇，村上天皇次子，精神略有异常，即位两年，经中卷中提及的安和之变，源高明流放九州后遂即让位于五弟圆融天皇。

4 此处以白居易诗《酬和元九东川路诗十二首嘉陵夜有怀二首》中的一句“不暖不寒慢慢风”为典故。平安时代流入日本的古抄本中，此句作“非暖非寒漫漫风”，故作此译。

5 《古今集》歌，此歌以白居易诗《浔阳春三首》中“先遣和风报消息，续教啼鸟说来由”为典故。

6 原文为鸡鸣，今按大谷雅夫论文考证，鸡鸣为讹误，订正为百鸟和鸣。

7 此处以白居易《叹春风兼赠李二十侍郎二绝》中“树根雪尽催花发，池岸冰消放草生”为典。

《麻雀和雪中的山茶花》，歌川广重 绘

一二〇 再次火灾

闰二月初一，雨下得舒缓闲适。自这天以后，晴朗的天气一直持续。三日，心想着我家处在丈夫家的不吉方位上的日子已经结束，却仍然没有他的音信。四日也如这样过去，心中疑窦丛生。就寝后，听见有地方失了火，吵闹不堪。虽然听说离家很近，却因困倦懒得起身。然却有各色人等，也不论身份高低贵贱，纷纷前来我这里查看慰问。于是我也只好出去，应付一番之后，才被告知："火已熄灭！"于是众人才纷纷回去，正当我也进了屋子，刚刚躺下之时，却发现刚才的人群还堵在家门口。心觉奇怪，唤人询问后，告诉我说："大人来了。"灯火已经熄灭，黑暗中进屋着实不便，因此丈夫便发牢骚道："哎呀真暗，是因为刚才发生的火灾才把灯熄了的吧？觉得是这附近起火才前来查看，既然没事，那我还是回去吧。"他虽是这么抱怨，却躺了下来，还看似关心地对我说："本想白天过来，但随从都不在身边，所以也没法前来，若是以前，我骑上马也就过来了，当时的身份多么卑微不堪呀。今天也不知发生了何等惊天动地的事，我才在就寝后还想着赶紧过来，结果引起这轩然大波，还挺有意思的，真是不可思议。”天亮之后，留下一句“来时匆忙，备的车辆实在不合身份”后，丈夫便匆匆回去了。六七日两天，听说是丈夫的凶日。八日，夜听落雨，石上穿苔[1]。

---

1 此处以唐人傅温诗句“夜雨偷穿石上苔”为典。此诗于中国已散佚，存于平安时代日本唐诗佳句选《千载佳句》中。

一二一 外出

十日，前去拜谒了贺茂神社。有人约我一同悄悄前往，于是便欣然答应，一同去了。那地方每次去都能找到新鲜感，今天也不例外，心情愉悦放松。看着耕田的农夫，感叹他们真是太辛苦了。之后又同上次一样，去了北野[1]，池塘中有妇童在采摘东西。刚一见到，想到可能是在采黑荸荠，于是便想起古歌[2]中所说那样，荸荠采来湿衣襟。于是在船冈山一带盘桓了一阵，意趣盎然。天黑才到家，睡得正沉时，有人急匆匆叩门。悸动中惊起，没有料到竟然是丈夫来了。心中疑神疑鬼，心想，该不会是附近那个女人[3]那边有什么不便，丈夫被撵回来了吧？丈夫虽若无其事，却一整晚都不肯从实招来。第二天清早，太阳高起之后才回去。就这样又过去了五六日。

---

1 京都北部的原野，今船冈山以南。

2 《万叶集》歌。

3 近江家。

《坂之下：岩窟的观音》，歌川广重 绘

一二二　夜晚早归

十六日，雨脚寂寥。天明之后，还未起床之时，丈夫就送来了一封情真意切的信：“今日你家方位不吉，这可如何是好。”于是我便回了信，不久之后，丈夫自己就来了。已是夕阳西下的时候，此时前来，实在可疑。入夜，他脸上有些犹豫：“怎么办，要不然供点绢帛供品，好让神明通融我在此过夜吧？”而我想的则是，怎么赶紧把他赶出去，于是说：“供了也没什么用。”就在他往外走的时候，却又不巧被他听见我悄悄说了一句：“到时候计算你来过的日子的时候，今天可不能算数。”于是他接口道：“既然如此，那也没办法了。别的日子暂且不说，反正今天我是一定得留下来了。”于是丈夫就这样留了下来，但这之后的八九天里，他却是音信全无。看来是早有预谋，所以那天才故意留下来充数的。我一时也没了办法，便只好偶尔也给他去了一首和歌：

共寝只片刻，夜夜数来鹬羽折[1]，哀鸣奈若何。

而丈夫那边则回信道：

思君竟无益，多如鹬羽数难极，何故哀鸣泣？

看来用和歌引起他的注意也是徒劳，实在是心有不甘，实在不明白事情何以至此。这段日子，看见庭花尽落，铺地成海[2]。

---

1 本歌取《古今集》歌为典：待君不来夜，数来更比鹬羽多。

2 似以唐无名氏《清明后喜晴》中“花舞野塘铺地锦”为典。或以《贯之集》歌“浦中浪花翻千片，方知海中亦春归”为典。

一二三 初夏

今天是二十七日，雨自昨夜一直下，风拂残花中，就到了三月，树芽今已茂，枝头可藏雀。[1]不久后便是祭典[2]的日子了，神社里的树木沉浸在悠扬的笛声中，虽都令人感怀至深，但我仍然在为主动给丈夫去信一事感到心有不甘，后悔不已。比起之前那些音信全无的日子，觉得这次更加难熬，真不知当时是怎么想的。

到了这个月的七日。丈夫来信说："这个帮我缝一缝，最近有事，得小心谨慎一些，不能出门。"他这样的态度已是屡见不鲜，于是便冷淡地回信答复说："收到了。"从今天白天开始，雨下得舒缓闲适。

---

1 此处似以白居易《首夏同诸校正游开元观，因宿玩月》中"风清新夜影，鸟恋残花枝"一句为典。此年有闰二月，因此三月初已是农历四月初夏的景象。

2 贺茂祭。

一二四 八幡祭

十日，朝廷里正因八幡祭[1]而喧嚣忙碌。友人中有人要出门去拜谒，于是我便悄悄一同前往，白天就回来了，一到家，留在家中的孩子们便说："好想出门看看热闹，听说祭典的游行队列还没有经过呢。"于是便一同乘上刚才回家时乘的车辆，就这么出发了。

第二天，大家纷纷前去观看从祭典回来的游行队列，热闹非凡，而我却身体不适，躺了一整天，丝毫没有前去观看的心思，即便如此，却架不住身边的人来劝，于是便四个人乘着一辆蒲葵车[2]出了门。把车停在了冷泉院的北门[3]。周围也不见很多

---

1 石清水八幡宫的祭典。

2 用蒲葵叶装饰的车辆。符合当时的贵妇人高贵的身份。蒲葵，日语汉字作"槟榔"，但与汉语中可食用的槟榔并非同一种，而是一种形似槟榔或棕榈的植物。

3 二条大宫到堀川二条，即今京都市二条城一带。

其他来看热闹的人，此时身体也恢复了一些，把车停下，不一会儿，队列就从这里经过，其中还有我认识的熟人，一个是乐手，一个是舞者。这段时间里，一切平安无事。

一二五　邻家失火

十八日，又和友人一同悄悄前往清水寺。第一晚的修行结束后，从寺中退出来时，正好是午夜子时左右。回到同行的友人家中，正当我用餐食之际，友人家中的下人禀告说：“看见西北边失了火，快去看看吧！”却听见有人道：“远在唐土中国[1]吧？”话虽如此，但毕竟是我家的方向，因此还是很担心，就在这时，周围的人又纷纷回来禀告说：“是督府[2]着火了！”听到这话，感到震惊不已。我家与失火的地方仅仅一墙之隔，想必慌乱之中，孩子们应该十分害怕。于是连车帘都来不及挂上，便赶紧往回赶。好不容易乘车赶回来时，火已经差不多扑灭了。我家幸免尚存，邻居家的人也聚到我家这边来，多亏了儿子在家，我原本以为女儿应该已经落荒而逃，多亏儿子把她安置在

1　平安时代贵族将中国称为唐土，“唐土”一词在当时有形容遥远的含义。

2　朝廷某部门长官的宅邸，不详。一说左兵卫督藤原济时，或右兵卫督藤原齐敏，或尚侍藤原登子。

了车里，紧闭家中大门，一切处置得当，因此也就并没有狼狈不堪。啊！儿子已经成了能独当一面的男人，看着他的样子，听着他的事迹，心中十分感动。而逃到我家中避难的人们则是哀声一片："真是捡了半条命。"这时，火也彻底被熄灭，过了许久，那原本应该匆匆赶来的丈夫也不见踪影，反而是从那些没有想到的地方来了很多慰问的人。过去，我家这一带若是失了火，他还会匆匆赶来，而如今，尽管是我邻居家失了火，他居然也无动于衷，心中因失望而惊愕不已。原本前去丈夫那边报告火情的人，已把事情的原委告诉了那边的家臣与侍从，就在我失望惊愕之时，听见了叩门声。家里人前去查看，禀告说："大人来了。"这才感觉到心里稍稍有些平和。便听丈夫辩解道："听人禀报说失火的是你这边，吓了一跳，不料到达这里时，已经来晚了，实在是抱歉。"话说完后又过了一阵子，入睡时已听见鸡鸣，于是也就心安理得地在早晨睡了懒觉。前来问候的人依旧络绎不绝，人声嘈杂，只得起床接待应对。前来慰问的人们害怕逗留过久反而会给我这边添乱，于是便都匆匆回去了。

过了一阵子，丈夫送来了很多男子穿的衣服，信上说："这些是这边正好现成有的，你先给邻居家应急。"毕竟是为邻居家下人赶制的，都是暗得发黑的朱红色，做工过于粗糙，我连看也没看。于是慰问了一下邻居家的下人，他们告诉我说："因为这场火灾，有三个人生了病，还吵了架。[1]"

1　另有一说，认为此处为询问算命的结果。

一二六　连续凶日

于是二十日就这么结束了。听说从二十一日起，又是凶日。聚到我家的人们，今年方向上是南边不吉利，因此也不能在此久留[1]。二十日的时候就让他们都去了父亲在京城里空着的宅邸。想着在那边的话，他们应该也就没有什么不安与担忧了，但比起他们，反倒是自己更加心忧。这长期以来忧心忡忡的我，虽说连性命也觉得不足为惜，但柱子上那些凶日里才钉上的护身符，却显得自己好像惜命如金一般。这个月的二十五、六日依旧是凶日，凶日结束前的当晚，听见了叩门声，于是便答道："凶日里坚决闭门谢客。"门外的人便一言不发地回去了。

第二天，得知今日我家又在丈夫家的不吉方位上，即便如此，白天他还是现了身，华灯初上的时候才回去。自此之后，听说那边接连有各种不便之事，就这样，日子也就这么过去了。

1　推测作者家在邻居家南边。

而我这边，也是接连的凶日，一直持续到了四月的十几日，世间已是节日[1]里的喧嚣气氛。有人约我悄悄出门，观看斋院的禊事[2]之后，又看了很多其他的。想着自己也供奉一些供品，于是就去了贺茂神社，正好遇到了一条太政大臣[3]一行，阵势很大，威风凛凛。看着大臣踱步的样子，心想，实在是像极了丈夫，想必他平日里在外面的威风，应该也不会逊色。听着有人赞叹道："啊，太棒了，真是何等的了不起！"听到此话，大家心中顿生同感，却只有我陷入了悲伤。

---

1 贺茂祭。

2 斋院指的是侍奉贺茂神社神明的未婚皇族女性或其居所，与侍奉伊势神宫神明的斋宫相对。当年的斋院禊事于四月十七日进行。此时的斋院为冷泉天皇女尊子内亲王。

3 藤原伊尹，兼家的同母哥哥。此时伊尹与兼家为政治同盟关系，前文中提及的兼家晋升，应为大哥伊尹为掌权而做的政治布局。

一二七 大和女子

这一日，又有心中不知悲伤为何物之人，邀请我一同出游。于是便去了知足院[1]一带，儿子也一同前往。乘车将归的时候，发现有一女子的车看上去身份相当高贵，于是便跟在她的车后。之后，不知是不是不愿透露自家住处，女子便迅速隐匿了自己的去向，儿子追了上去寻到了住处，第二天，送去了这样一首歌：

念起思不消，葵祭一面心更焦，再逢[2]日可遥？

如此写罢，对方却回说："不记得有这么一回事。"话虽如此，儿子还是又去一首：

1 不详，一说在船冈山东南。

2 在日语中"葵"与"相逢之日"谐音，葵祭即贺茂祭。

恋心腾无端，今始欲访三轮山[1]，君门可立杉[2]？

对方的家世似乎与大和国[3]有关。有回信说：

纵待也诚难，无人应访三轮山[4]，家门不立杉。

就这样，虽说常言道溲疏花引杜鹃来[5]，但花下非但连丈夫的人影也看不见，就连他的音讯也都彻底断绝了。

二十八日，丈夫前去拜神之余，给我捎来信说："今日身体不适。"

---

1 在今奈良县奈良市。

2 "立杉"为《古今集》歌中的典故，意为男子来访时，为告知对方而在家门口竖立的标志。

3 今奈良县，平安时代为日本的故都。

4 此处用三轮山在《古今集》歌中女子常年待人，男子依旧不来造访的典故。

5 在日语中"溲疏花"谐音"四月"，杜鹃为溲疏花缘语。此处为和歌式的修辞。

一二八　五月菖蒲

日子到了五月，菖蒲根已长，引得女儿惊呼，无聊之中，便拿来串好，系在辟邪的荷包上，想着："把这个拿去送给那边和女儿同龄的那位[1]吧。"

水中菖蒲草，长根深埋生暗沼，不为人不晓[2]。

写罢，系在荷包里，让儿子去那边时顺便带过去。于是那边回信说：

菖蒲根深埋，如今和盘托出来，有益诚可待。

儿子也准备了一个荷包，在上面写道：

采菖沾袖湿，荷包挂衣方干时，情泪知不知[3]？

上次的女子则回道：

何故我不知，君采菖蒲袖安湿？应无挂衣日[4]。

1　藤原诠子。

2　以暗沼中所生的菖蒲暗喻养女的身世。

3　以采菖蒲沾湿衣袖暗喻因情而生的泪水沾湿衣袖。

4　意为，送我荷包我也不会挂在衣服上的。

一二九　月初

雨从六日的早晨开始下了起来，一连三四天。河中涨水，听说有人被洪水卷走了。这使我又开始百感交集，沉吟忧思，心中所想说也说不尽。虽说早已习惯现如今寂寞冷清的生活，不再深究其中缘由。在石山寺有一面之缘的和尚送来信件，说是要为我祈祷，于是回复道："如今我已自我放弃，就算是佛陀也不知还能有什么办法吧。只是，还是替我儿子祈祷一番吧，希望他以后能活得像个人样。"之后，还是不明所以地哭到昏天黑地。

日子到了十日。儿子带来丈夫的口信说："身体一直不舒服，也十分牵挂担心你，你怎么样了？"第二天托前去丈夫那边的儿子送去回信道："昨天想着赶紧回信，但儿子也不顺路，所以给你去信也不方便。你问我怎么样，还能怎么样呢，还不是万事顺遂如意吗？数月人未现[1]，感觉心里真的很轻松。记得有首歌里说什么，待人生恨因风寒[2]，真是危言耸听了。”日落时分，儿子回来告诉我：“父亲今日去下鸭神社东边的清泉[3]了，没把回信给他我就回来了。”我便不走心地揶揄道：“哪怕身体不适，还能出门，真是可喜可贺啊。”

---

1 《好忠集》歌。

2 《好忠集》歌。

3 一说东三条渡过鸭川后以东一带（今京阪电车三条车站一带）的清泉。

《阿波国：鸣门风浪》，歌川广重 绘

一三〇 杜鹃

这段日子里，天气一直不太好，弄得我神魂不安，于是又惦念起歌中所说的“田中农人衣襟湿[1]”的事情。夜晚，就连杜鹃的叫声也听不见了，这日子，照理说多愁善感的人又要夜不能寐了[2]，但奇怪的是，我却睡得很舒服。身边的人纷纷议论着：“晚上我听见了。”“拂晓的时候我也听见了。”我原本想着说自己没听见，但想想也怪难为情的，所以便也没说话，只是心中如此暗想：

夜半怎安眠，忡忡忧心化杜鹃，啼声是我怨。

于是最后也只是小声地偷偷吟诵了一番。

---

1 《大式高远集》歌。五月底的景象。

2 《万叶集》以来，杜鹃具有催人伤感哀思的意象，或受到望帝化鹃典故的影响。

一三一 鸣蝉

就在这百无聊赖中日子便到了六月。上午，朝东厢因为太阳送来的热气使人苦不堪言，于是便去到南厢，却发现附近有来人的气息，于是便悄悄找了个阴凉处躺下，听着满耳嘈杂的蝉鸣声。忽见有个耳背的老翁，拿着扫帚在清扫庭院。正当他站立在树下之时，树上的蝉突然鸣叫了起来，把他吓了一跳，于是他抬头自言自语道："这蝉声听起来就像是在说'好呀，好呀'的，真是蝉也知时节啊！"于是蝉也仿佛在与他唱和一般，"是呀，是呀"地奋力鸣叫了起来。看着这场景，既觉得有趣又觉得感慨。反倒是我，显出一种落寞。

一三二 不合时节的红叶

儿子准备了些卫矛枝，上面混着一些这个季节就业已变色的红叶，送到了之前那家去。

夏山繁茂树，叶深色变因重露，思君叹息苦。

对面回信道：

色变若因露，诺言应亦变几度？君心不敢顾[1]。

1 挂词。在日语中“树叶变色”与“违背诺言”谐音。

一三三 琐事

就在这信件来回之中，半夜醒来，发现丈夫难得地来了一封嘘寒问暖的信，这是二十余天以来的第一次。对于他这令人心寒的态度我早已习惯，如今说什么也没用了，于是便也漫不经心，但看到这次的信，心想或许他也在想着怎么挽回吧，这么想来，又觉得丈夫也有些可怜，于是便比平时更迅速地回了信。

这段日子，在地方任官的父亲在京中的宅子没了[1]，于是那边的人都搬到了我这里，每日人多又吵闹。与此同时，丈夫又是音讯全无，世间甚至都有了些流言蜚语。

1　失火或改建，具体不明。

一三四　盂兰盆

日子到了七月十几日，寄居在家中的客人们纷纷回去，一个也没留下，于是家中一下子冷清了起来。听见下人哀叹不知盂兰盆节的供品该如何是好，心中一阵感慨，心痛不忍。十四日，丈夫备来了历年同样的供品，还附了一封来自官府的书信。心中暗想，不知这样的待遇能持续到什么时候，这话却没有说出口。

一三五　八月

日子就这样来到了八月。初一，下了一整天的雨。虽已是长雨连月不开的季节，但未时前后放了晴，听见寒蝉叫得凄厉，于是便随口吟诵起“闻蝉嘈嘈鸣，我亦欲悲鸣[1]”的句子来。也不知怎么一回事，心中格外孤单寂寞，整日泪水氤氲。原本上个月便有了预感，觉得自己可能这个月便可能要撒手人寰。世间因相扑界会的还飨而热闹非凡，我听着这喧嚣，仿佛与己无关，恍若隔世。

到了十一日，丈夫来信说：“做了一个意想不到的梦，总之见面再说吧。”读罢信件，觉得可能又和之前一样，信上写的大多并不是认真的。[2]我也没有搭理他，于是他又说道：“为什么不回答？”我便回道：“不知说什么。”于是丈夫又回我道：

1 《宇津保物语》中引用的古歌。

2 此处有散佚，应是兼家来到作者家、告知梦境的情节。

“你就问我：‘为什么对我不闻不问，不来看望，真可恶，真可悲呀！’然后对我又打又抓的，不就行了吗？”听到这话，我就对他说：“我要说的你都说完了，还有什么好说的？”就这么终结了对话。第二天清晨，他留下一句：“现在要去做还飨的准备，结束之后我就来找你。”之后便回去了。后来我听说，还飨是在十七日。

到了月末晦日，之前说好的各种准备张罗都已结束，但我已恍惚不堪，什么也不记得，只是预感到，随着自己的死期临近，愈发要有所忌讳，小心谨慎，很长时间里，心中都百感交集。

一三六 单恋

儿子和上次那个地方又有了一些信件往来。之前的来信，看起来也不是亲自回复，而是交人代笔的，为此，儿子心有怨恨。

黄昏览卧房，蜘蛛观来虽亦忙，尚且自织网[1]。

儿子如此写后，不知对方作何感想，在白色的纸上用沾上墨粉的竹签细细地写道[2]：

蜘蛛织丝网，回信若出太惶惶，风吹散四方[3]。

于是儿子又回道：

---

1 歌意为，蜘蛛尚且自己织网，你为何不亲自动笔回信呢？在日语中“织网”与“写字”谐音。

2 似乎意为不暴露自己的笔迹特征，让外人无法辨识是自己写的回信。一说，模仿蛛丝形状的字体。

3 歌意为，若我亲自回信，那信件便会如蛛丝被风吹散般四散，最后谣言四起，为此我实在感到不安。在日语中“织网”与“写字”谐音，“蛛丝”与“十分”谐音。

狂风吹蜘蛛，须臾命且托于露，谁堪散君书[1]？

由于天色已晚，对面也就没有回信。第二天，不知是不是儿子在意昨天那白纸上细细的字迹，于是又如此写了一首送了过去：

鹄踪于但马[2]，见君书信如雪下，皑皑白似沙[3]。

不巧正赶上对面有事出门，也就没有回信。第二天，儿子去信讨要回信说："回来了吗？回信呢？"结果对方回答说："昨日来信，感到过于陈旧过时，因此不想回了。"第二日，这边又去信道："之前的信陈旧过时，所言极是。

君言实无咎，年月作古光阴旧，布留社[4]悠悠。"

信虽如此写道，对面却说今日是凶日，不吉，因而并没有回信。于是第二天，天亮之后儿子又去了一封：

1 此歌以风中无所依靠的蜘蛛自喻，歌意为，你是我赖以托命的人，我又怎会把你的书信四处散播呢？在日语中"露"与"片刻"谐音。

2 此处用但马得鹄的典故引出"踪迹"一词，在日语中"踪迹"与"字迹"谐音。但马得鹄的典故出自《日本书纪》垂仁纪：冬十月乙丑朔壬申，天皇立于大殿前。誉津别皇子侍之。时有鸣鹄，度大虚。皇子仰观鹄曰："是何物耶？"天皇则知皇子见鹄，得言而喜之。诏左右曰："谁能捕是鸟献之？"于是，鸟取造祖天汤河板举奏言："臣必捕而献。"（中略）时，汤河板举远望鹄飞之方，追寻诣出云，而捕获。或曰："得于但马国。"

3 但马国临海，有沙滩。以皑皑沙滩比喻由于字迹纤细稀疏导致来信的纸张看起来雪白一片。

4 今奈良西天理市内，即前文初濑之旅中出现的石上神宫。"布留"与"光阴流逝"谐音。

缥缈如梦时，君门开日应不知，天明欲曙迟[1]。

而这次又被对方搪塞了过去，只好又去信说：

想必也诚然，一言主神葛城山，言罢音信断[2]。

“不知是谁教你如此待人的。”这真是只有年轻气盛之人才能咏出的和歌啊！

---

1 在日语中“开门”与“天明”谐音。

2 葛城山是大和国歌枕，在今奈良县。一言主神为葛城山的神明。此歌意为，果然是大和的女子，正如葛城山里的一言大神一般，话说完便一言不发了。

一三七　九月

比起在春夜秋日里时常百无聊赖的沉吟伤感，我想我不如画一些画留给后人留作念想。而就在这段日子里，我这命，竟然也苟延残喘到了下个月初，日子一天天过，竟然也没死，这便是世人所说的，只有幸福美满的人才会短命吧，果不其然，不幸的我也就这么活到了九月。二十七八日前后，五行犯土忌，于是前往别处避避忌讳，当晚，丈夫竟稀奇地来信了。家里留守的人过来转告我，我却什么心思也没有，郁郁寡欢中也就不了了之了。

一三八 伊尹薨去

十月，又到了每年秋天长雨的时节。十几日前后，动身去了之前的山寺，身边人劝我道，还可顺便观赏一番红叶，于是便启程了。今日，长雨断续，初冬将始[1]，一整日，山中的景色都特别绚烂。十一月初一，惊闻一条太政大臣[2]薨去，世间骚然。夜晚，那些惋惜哀悼之词不绝于耳，大雪堆积了七八寸厚。啊啊，大臣家的公子们送葬时该是何种心情，而我却无事可以效劳，此番想来，丈夫今后的地位应是日益显赫[3]，十二月二十日后，我看见了他的身影。

---

1 《后撰集》歌。

2 藤原伊尹。

3 兼家此时是升任下一任太政大臣的有力人选。

《上野国：雪中的榛名山》，歌川广重 绘

一三九　红梅

于是，这一年也就这么过去了，一切按往年惯例，在喧嚣中迎来了新年。但一直到三四日前后，我也都没有万象更新的感觉。只有莺鸟早早地鸣叫了起来，听起来十分动人。五日白天的时候，丈夫现了身，之后十几日和二十几日总共来了两次，来时正赶上大家睡得正沉的时候。这个月他来得频繁，感觉有些异样。又到了晋升官位的日子，因此他也就十分繁忙。

到了二月，今年的红梅比往年颜色更浓烈，实在开得赏心悦目。只可惜似乎只有我一个人为之所感，没有他人一同观赏。儿子折了一枝梅，派人送到上次那家去：

沉吟年已隔，血泪染袖成花色，恋君无奈何。

对面回信说：

经年始无端，何故裁衣色空染，不应花下站[1]。

读罢心觉，对方依然是如往常般漫不经心地回信的。

1　在日语中“裁衣”与“站立”谐音，“染色”与“开始”谐音。

《梅花树枝上的白文鸟》，歌川广重 绘

一四〇 色衰

于是，二月初三的正午时分，丈夫露了面。自觉年老色衰的我，十分难为情，心中煎熬不堪，却又束手无策。过了一会儿，丈夫说：“今日这边方位不吉。”他身穿的樱袭[1]绫罗内衬华丽非凡，虽并非我亲手所染，衣服上的纹样却也仿佛跃然欲出，暗纹的外衣艳丽无比，熠熠生辉，听见远处传来侍从们让人回避的声音，知道丈夫便就这么回去了，心中一阵痛苦。心想着，这下应该算是把自己最真实的一面展现了出来，看了看自己的样子，衣着陈旧发皱，猛然照了照镜子，发觉自己的样子竟愈发显得可憎了，于是确信到了极点，与丈夫的关系应该从此将尽了。心中因此事而起的波澜久久不能平息，这时，自月初起

1 “袭”是平安时代贵族服装的配色规则，“樱袭”推测为，外面白色，里面为红或葡萄紫的配色。

便开始阴雨连绵，于是吟诵古歌道：“愈叹木芽春又生。[1]” 五日，夜晚时分，听闻外面喧嚣，那可憎之处[2]之前已经失过一次火，听说这次被彻底烧光了。十日前后，丈夫白天又露了面，说：“有事要前往春日大社拜谒，十分牵挂京中的你。”这闻所未闻的态度十分可疑，让我疑窦顿生。

---

1 因《古今集》歌而生的变异歌，见《后撰集》。在日语中“叹息”与“木”谐音。

2 近江家。

一四一 小弓竞射

三月十五日，冷泉院要举行竞射小弓[1]的比赛，一时间好不热闹。先射与后射的两队要身着不同的装束，于是便为了儿子忙碌准备了一番。到了比赛当日，丈夫传话来说：“朝廷重臣云集，今年可不得了，儿子平日里对小弓颇有轻视，未能多加练习，原本还担心这次结果究竟如何，但最后两支箭都射中了。之后凭此一路乘胜，接连得点，赢得了比赛。”热闹非凡。又过了两三天，他依然忍不住夸奖说：“儿子的箭术实在了得！”当然，我更是这么认为。

1　专门用来比赛游戏的弓。

一四二　八幡祭

朝廷里，此时已经到了八幡祭的时节。因为实在太过无聊，于是便偷偷启程出门，停车观看，架势格外庄严盛大，前方来人正在驱赶行人回避。想看看究竟来者何人，发觉行列中的人都很眼熟，于是才发觉原来是丈夫经过。看着此情此景，越发感觉到自己的悲惨。丈夫的车上，车帘卷起，车帏打开，一览无余。丈夫看见我的车后，迅速用扇子遮住脸，过去了。

丈夫来了信，于是我便在回信的角落里写道："我这边的人都在议论，'大人昨日害羞地遮着脸就过去啦。'为什么呀？有什么非得这样不可的苦衷吗？感觉就像年轻人一样害羞。"结果他回信说："那是因为我怕自己太老才不想示人啊！那些胡乱议论，还以为我是害羞的人才真是可恶呢！"

之后，丈夫的音讯再次中断，一直到了十几日。心觉这次的间隔比往常更长，不知夫妻之间又发生了什么。

一四三　问答

儿子又给那家去了信，儿子的和歌年轻气盛，对方的回信也说得天真稚嫩，大概如此：

君身水中藏，此情是否只一厢，菖蒲刈根长[1]。

对方的回信一如既往很冷淡：

如何刈菖蒲？我身难茂自是菰，岂从君所图[2]。

---

1 在日语中“水”谐音“身”，“刈”谐音询问对方结婚的意愿，“菖蒲”象征大和之女。

2 菰即茭白，根短。歌意为，我是身份不如菖蒲的菰，因此不能答应你求婚的请求。

一四四 失火

于是就这样，一直到了二十几日丈夫才再次现身。此外，二十三四日的时候，我家近邻失火了[1]。就在惊慌错乱之际，丈夫很快便赶来了。因为刮着风，火势便接连转移，持续了很久，直到鸡鸣时分。丈夫说："既然没事了，那我回去了。"身边的侍女则议论道："听说刚才有使者来报说：'有人[2]得知大人在此，便托我向大人转达他的问候之意，之后就回去了。'这可真是好大的排场啊。"听闻此言，我心想，难道不是因为平日里我这宅子被丈夫疏远多时，才会在这种时候衬托得显出有些排场吗？之后，月末晦日前后，丈夫溜到我

1 《日本纪略》记载：廿四日丁未余，今夜，越前守源满仲宅，强盗绕围放火。（中略）余烟及三百余家（后略）。一说安和之变时，源满仲投靠藤原氏，背叛源高明，诬告其谋反。此时兼家与满仲应为主仆关系。后其弟满季被当作此次火灾的犯人逮捕。

2 似为源满仲家中失火，得知兼家前来，便向自己主人传达问候。

家来，说："附近失火的那夜好热闹。"我便答说："歌里说的'守卒夜火昼而熄[1]'，而我心中的火可是一直燃着呢，白天也不熄灭。"

---

1 《古今六帖》歌。

一四五 五月赠答

到了五月初一，儿子又如常给那边去了信：

杜鹃放声啼，今日始闻音尚稀，欲知君真意[1]。

回信说：

杜鹃不相瞒，若将真心与君谈，厌花寻新欢[2]。

五月五日又去信说：

此日年经年，菖蒲草茂君不现，此恨又绵绵。

回信说：

不忆年复年，此理菖蒲心难见。今日君情变[3]。

见到此歌，儿子纳闷："她究竟因为什么事心生怨恨呢？"

---

1 歌意为，在这杜鹃都放声鸣啼的今日，希望你也一表你的真心。

2 在日语中"抛弃"与"花下"谐音。歌意为，我若轻易答应你结婚的期许，便会被你变心抛弃。

3 在日语中"菖蒲"与"道理"谐音。此歌意为，不记得我们有年复一年的交情，今日你应该是移情别恋，将我忘记了吧。

一四六　粮袋和歌

丈夫不来，这一如既往的烦恼，这个月也是如此。二十几日前后，他突然来信说："这是为一位远行人准备的粮袋，里面你帮我缝上一个内袋吧。"就在缝的时候，他又送信来说："应该做好了吧，再帮我往袋子里多放些你咏的和歌吧。我这边身体不适，实在是咏不出来。"见这话，我倒是有了兴致，觉得有意思，于是回道："按你吩咐的，把能咏出来的都放进去了，说不定装得太满，要是漏出来，可就丢了，要不你再给我一个袋子吧。"过了两天，丈夫回信说："身体原本不适，等了这么久，岂有再按你说的，另备一个袋子之理？没办法了。我只好硬着头皮自己咏了和歌。对方回过来的歌是这样这样的。"就这么写来了很多应答的和歌，又吩咐说："你帮我评判一下谁的更好再给我送来吧。"正是下雨的日子，心里居然感到一些风流雅兴，甚至有些期待。歌的优劣自然是早已看出，但就这么妄加评论，以自己的身份与处境也实在不妥，于是如此回道：

东风吹此处[1]，若要寄心辨清楚，应是回信输。

1 在日语中“东风”与“此处”谐音。

一四七 搬家

六七月过去，丈夫来这边的频率也一如既往。月末二十八日，丈夫突然现身，说："今日因相扑节会有事去宫里，想着正好到你这里来，于是便赶紧退了下来。"之后一直到八月二十几日，他也不见踪影。打听了一下情况，原来是频频去往之前的那个女人家[1]了。因丈夫业已变心，自己便每日精神不在正常的状态，自己的居所也日益破败荒凉，原本家里人就少，于是依照父亲的决定，把宅子转让给他人，自己则搬到了父亲的宅邸[2]去了。这两天，就要搬到广幡中川一带[3]去。搬家的事，早早地跟丈夫吹过了风，今天搬家之事毕竟也不能瞒着他。于是去信

1 近江。

2 前文提到父亲的宅子没了，此处所指应是后文中出现的位于广幡中川一带的新宅。

3 中川为大致与今京都市京极通路重合的小河，广幡在近卫通路南侧，广幡中川大致应在今京都市荒神口一带。

说:“有事告诉你。”结果却回复说:“今日不吉。”真是无情至极，我也是自讨没趣，于是便悄悄地搬了家。

新宅离山不远，又紧邻着河原，于是便可以随心将水引入院中，心觉实在是别有一番风情的住处。过了两三日，丈夫似乎依然没注意到我已搬家，又过了五六日，他来信质问我:“你怎么不告诉我搬家了，怎么回事?”于是我便用仿佛缘分已绝般的语气回复他说:“记得已经告诉过你了。况且这边颇有不便，估计你肯定也不会前来，所以想着还是下次在我回到那个你我都熟悉的家里时，再跟你联系吧。”于是他便回道:“既然如此，也是，毕竟那边的确不便。”之后便断绝了联系。

《请地：秋叶之境内》，歌川广重 绘

一四八 新宅生活

九月来到，清晨，时候尚早时，掀起窗棂向外眺望，河上腾起一片秋雾，不分内外，遮住了山麓，只见山顶淹没在云雾中，一阵悲伤袭上心头[1]。

中川水汤汤，恩浅情薄守空床，姻缘断惶惶[2]。

于是收割了东门前的稻田，把稻子都绑成束，供偶尔前来的访客割下一些青稻来喂马，或者有时兴起做一些炒米。喜爱猎鹰的儿子也在这边，经常出去放鹰消遣。还给之前的女子家去信，故弄玄虚说：

小衣襟不系，生死不辨命绝矣，魂魄出已迷。

---

1 似以《高唐赋》的典故，抒发与丈夫断绝关系后的悲伤之情。

2 在日语中“中川”与“姻缘”谐音，“水浅”与“轻薄”谐音。

结果没有回信。于是又过了一阵子，再去了一封：

露深袖更冷，待曙怎敌长夜恒，此恨因谁生[1]？

这次虽有回信，却回得敷衍了事。

1 似以白居易《燕子楼》中“燕子楼中霜月夜，秋来只为一人长”一句为典。

一四九　打理衣物

很快就到了九月二十几日，丈夫依旧不见踪影，来往断绝。但令人惊愕的是，他的使者突然带来一些冬衣，传话说："把这个打理打理。"还告诉我说："原本有一封书信，却不慎被下人给弄丢了。"简直不可理喻，愚蠢至极。于是决定绝不回信，就装作什么也不知道好了，但送来的衣物我还是给打理好送过去了，也没有附上书信。

那以后，现实里就不用说了，就连梦中都没有与丈夫见过面，这种状况一直持续到了这年年底。

九月末晦日，丈夫又遣人来吩咐我帮他打理衣物，这次送来衬袍时居然连书信都没有了。心里盘算着该怎么办，与身边的人商量一番，说："要不然这次为了试探大人的心意，还是给他打理了吧。若是拒绝的话，怕是让大人以为您讨厌他呢。"于是就这么决定了，把衣物留下，给他收拾得干净整洁，十月初一的那一天，让儿子送了过去。回来之后却只听传话说：“父亲说您打理得真干净整洁。”便这么不了了之了。这态度，已经不是光用一句瞠目结舌就能表达清楚的了。

一五〇 老年得子

这年十一月，地方任官的父亲家那边，有人将要临盆生产[1]，我虽不曾过问，没有前去道喜，但到了孩子五十天的时候，想着还是应该借此有所表示。话虽如此，却也不能弄得太过张扬，于是便写了很多祝福的话语，依照惯例，在白色的笼筐上插上白梅[2]送了过去。

宅居月隆冬，纷纷雪飘散空中，欲问墙梅踪[3]。

便遣某位带刀长[4]为使，入夜之后送去，第二天清早才回

---

1 临盆的是父亲伦宁妻，所生婴儿一说为作者同父异母妹，菅原孝标妻，即《更级日记》作者之母。

2 当时的习俗，以白色祝贺生产。

3 以墙角的梅花象征新生儿。

4 太子东宫的侍卫长官。

来，带回来一件淡紫色的小褂作为还礼：

早花开枝嫩，五十日中雪间芬，何幸劳君问。

就在这信件往来之间，冬月里修行的日子也过去了。

一五一 出游

有人邀约我前往一处不怎么引人注目的地方游玩，于是便欣然前往，却发现那边聚集了很多人。此处本不应有人知道我的身份，这下害得我一个人不好意思。在祓殿附近，冰柱结得叹为观止，于是便兴致勃勃地观赏了一番才回来，归途中，见一人经过，虽是成人，却作儿童打扮，发型也很有意思。只见那人用单衣裹着刚摘的冰柱，边走边吃。正当我想着，这该是有什么说头讲究之时，结伴而行的人便已上去搭话，于是听到那人一边嚼着冰块，一边出声回道："您是问小人我话吗？"听罢才知道是个身份低贱的人，他跪在地上，脸贴地面，诚惶诚恐道："若不吃下这冰柱，许下的愿望恐怕难以实现。"听罢，我便自言自语道："荒唐，越这么说的人越容易遭遇不幸，捧着冰柱才更容易泪湿衣袖。"又心想：

《蜻蛉日记》，岳亭春信 绘

我袖不知春，冰纵消融心仍恨，唯羡信步人[1]。

回到家，三天后，又去了贺茂神社。风雪大作，天色昏暗，令人难以忍受，于是得了风寒感冒，卧病在床，这一年的十一月与十二月也就匆匆逝去[2]。

1 指世间其他幸福之人。

2 一说此句原在前文中父亲家有人生产之前，后混入此处，今以底本为准，不取此说。

一五二 傩火

正月十五日，举行了傩火的仪式[1]，听着儿子的随从们大声叫喊着：“烧傩火啦！”我也渐渐陶醉其中，忽然听见有人道：“嘘！安静点！”于是在这异样的沉寂中，我悄悄走出房间，站在廊外远眺，发现月色正好。向东边望去，山里腾起的春霞[2]横亘，心中悄然，略生寂寥。于是倚靠着柱子，心觉原来世间本无不会引人伤感的地方，此山同彼山，皆引人伤感。从去年八月便恩断义绝的丈夫，如今到了正月里依然不见踪影，于是泪流到抽噎，不能自已，只记得吟歌道：

本应共和鸣，正月来啼春日莺，竟不知吾情[3]。

---

1 正月十五日举行，焚烧新年里使用过的装饰以辟邪。一说此处“傩火”为“地震”的误写，但根据《日本纪略》，地震为十九日，时间不符，不采此说。

2 烟霞，即春天气温变暖后山中腾起的水蒸气烟雾，并非彩霞。

3 歌意为，本应比翼双飞，二鸟和鸣般美满的夫妻生活，如今已经如此，丈夫居然不知我的心情。

一五三 授官

二十五日，儿子突然开始精进修行，正想着何至于如此之时，就得知儿子被授予了官职，丈夫稀奇地来了封信通知我说："儿子当上了右马助[1]。"就在儿子四处答谢回礼之时，他的上司右马头（说起来是他的叔父[2]），便来到这里，看起来非常高兴，交谈之余，他又顺便问道："府宅中的那位千金[3]，是何来历，年方几何呀？"儿子回来后说出了事情的经过，还天真地疑惑不解，不知为什么要问这些。想到他叔父大很多，也不应有什么其他想法，于是也就没有在意。

这段日子，冷泉院又要举办竞射比赛，好不热闹。儿子和

---

1 朝廷管理马厩的次官。此前道纲虽有五位官的身份，却无朝廷里当差的官职。

2 藤原远度，兼家的同父异母弟。

3 作者养女。

他叔父这次都在同一队里，每日练习碰头时，都问儿子同样的话，于是儿子疑惑道:“究竟怎么一回事呢？”而在二月二十日左右，做了一个梦，（此处原文散佚）。

《风流锦绘伊势物语（二十四枚）》，胜川春章 绘

一五四 深山

起了念想，于是悄悄出门前往某处。“若较此山中，比睿近尘世[1]。”这是一处远离尘世的地方。这段时间正赶上春天的烧荒，樱花也不知为何开得很迟，虽应是别有一番景致的旅途，却尚未到最美的季节，正如和歌所说的“山深鸟不鸣，心深谁晓情？[2]”“花迟莺不啼[3]”。只有流水格外不同，喷涌着流出。正当十分疲惫之时，想到人世间尚未尝到这种艰辛的大有人在，孤身一人如此烦恼痛苦的，或许只有我吧。想着想着，就到了黄昏暮钟的时刻。献上明灯，佛珠数完一圈后，心觉更加痛苦。天明之际，下起了雨来。心觉不知如何是好，便去了僧房。烦恼道“这该如何是好”之时，天也大亮，下人们大声喊着：“蓑衣呢？斗笠呢？”而我则是平静闲适地向外眺望，只见云缓缓

---

1 《大和物语》四十三段歌。

2 《古今集》歌。

3 《古今集》歌。

地腾起，心中悲伤至极，记得咏出一歌：

难料应唏嘘，天高竟入此山去，袖可分云雨[1]。

雨大到难以言表，但心想，毕竟不能总是这样待在这里，于是做了一番防雨的准备后，就出发了。见我那楚楚可怜的女儿，一直靠在我身边，我自己的辛苦便已抛在脑后，只感到对她的怜爱。

---

1 此处亦似以《高唐赋》为典，想起自己婚姻的不幸，不由得对女儿未来的婚姻生活产生担忧。

一五五　求婚

好不容易回到家，第二天天亮，儿子才从练习场回到家，靠近床边对我说："父亲说，'你那边的右马头，从去年开始一直有一件事殷切地要和我商量，你那边家中的妹妹怎么样了？长大了吧？是不是到了情窦初开的年纪了？'另外，右马头也跟我说，'你父亲对你说什么了吗？'于是我便告诉他父亲已提及此事，于是他便说：'后天是个吉日，我去信一封吧。'"我心想，真是奇怪呀，孩子还小，不应该就这么被惦记上了呀，便睡了。

于是，到了那一天真的有信来了。回信写得十分小心谨慎，不敢把话说开。来信中写道："这几个月来，心中一直有所思，于是便先询问了大人[1]的意思，得知大人说：'此事我已知悉，如

1　兼家。

今你还是直接去问问那边[1]的意思吧。’但想到此事实在不合自己身份，诚惶诚恐，想必您定会生疑，于是便心生退缩之意。正愁没有什么契机之时，正赶上公子授官，到我衙署中来任职，于是便造访贵府，好让世人也没有什么可怀疑之处。”信写得十分妥当，没有什么可以苛责之处，纸张边缘又写道：“无论如何请送到府中名叫武藏[2]的那位女官房中。”这下必须要回信了，但首先得问问丈夫，把事情的原委弄清楚再回也不迟。结果对面却说：“正值凶日，时候不巧。”只得把信又带了回来，之后一等就是五六天。

或许是因为担心不安，右马头便又遣使者找到儿子说：“有件事想和你说说。”告诉他“这就来”之后，使者便先回去了。当时天虽下着雨，但想想若是不去赴约，对方也挺可怜的，于是便暂且从使者那里取来书信，回来一看，一沓薄薄的红色雁皮纸上附着红梅，上面写着：“应知有首古歌说：‘逢君不畏雨[3]’

春雨打花枝，我袖若较应更湿，泣血人不知。

我的公子呀，我的公子呀，快来吧。”不知为什么，“我的公子呀”那个地方被墨涂掉了。儿子问：“这可如何是好？”我便告诉他：“哎呀，这可真不好办。你就说你在去的半路上遇见了使者，直接先过去吧。”说罢，儿子便出发了。回到家来，儿子道：“右马头说：‘为什么收到了信也不回复呢？’感觉他心里

---

1 作者。

2 作者家中的侍女，应是右马头之前便认识的人。

3 《古今六帖》歌。

有怨气。”就这么又过了两三日，儿子告诉我说：“父亲好不容易才看到了信，是这么说的：‘没事，不要紧的，我已经告诉他我们再商量一下，回信随便回回就行，女儿年纪还小，还不到让他上门的时候，实在是不方便。话说回来，那边家中有一女孩之事，原本也不应为右马头所知啊？这下要是被外人传些奇怪的闲话就糟糕了。’”听到这话，我顿时来了气，女儿的消息明明是丈夫你透露给右马头的吧？怎么能觉得是我这边走漏了风声才惹了些闲话呢？

于是，今天给右马头那边回信说：“您为何来信，也没有个头绪，猜想或许是因为新年除目、犬子授官之事，因此想着必须尽快回信，但您说询问过我家大人之事，我们这边竟不曾得知，于是便很在意，询问确认之间花费的时间太久，竟如同去了一次唐土中国一般。话虽如此，但您信中所言之事，依然不甚理解，恕不能答复。”又在纸张边缘写道：“听您要找的武藏说，‘白河泷瀑虽有线，引人入屋终不愿。[1]’”自那之后，又来了好几封意思一样的信件，但并不是每次都给回信，有的就这么谢绝了。

日子到了三月。右马头那边又托丈夫府中的侍女言明了自己的心思，于是右马头便派人把事情的原委也送来给我看了，信上说：“事情有点蹊跷啊，大人不是已经把事情说好了吗？”又看到丈夫家侍女给他的回复上说：“大人说：‘这个月，日子多

1 《后撰集》歌。

有不吉，还是等下个月。’大人刚才还看着日历，边看边这么说呢。”真是奇怪了，这是着急看日历的时候吗？丈夫究竟怎么想的，不太可能吧？我甚至都怀疑这件事是这个侍女自己胡编乱造的谎言。

一五六 初次来访

四月初，大概七八日左右的一天白天，有人禀报说：“右马头来访。”于是我便吩咐：“嘘！别声张，就说今天人不在，应该是想说求婚的事吧，孩子还太小了，实在不方便。”正说呢，右马头就进来了，隔着篱笆都能清晰地看见他的身影。和后来几次见面时一样，给人一种十分英俊潇洒的印象，穿着精心打理后光彩熠熠的丝绸内衬，外面身着柔软的外套，佩着刀，之后也一直如此，还特地拿着红色的扇子，用手把玩着，扇骨处的钉子已有些松动，他站在那里，时而风疾，吹起了冠上的缨，这模样，仿佛画中之人。侍女中有人议论：“来了个英俊之人。”于是其他的侍女们也胡乱地换了些衣服，纷纷躲在后面窥视着。就在这时，帘外一阵风起，吹进帘内，一阵纷乱，那些躲在帘子后正放松大意的侍女们，便一阵手忙脚乱，这下完了，估计连没系好的袖口都被客人给看到了吧，真的是羞死人了。儿子昨夜从练习场回来已是天明时分，正把他叫醒时，便发生了上面这一幕。儿子好不容易起来，告知了对方要找的人不在家。原本因为怕风吹得人心慌，于是便事先命人把格子窗关了起来，因此外面无论怎么搪塞，我和女儿在家的事情都不会露馅。右马头强行上到廊中，说:“今天是个好日子，能否赐个座，我想打搅一会儿。”与儿子说了一会儿，他便哀叹道:“好不容易来了，却白来了一趟。”之后便回去了。

一五七 再次来访

过了两天，右马头托儿子带话说：“前日登门拜访，不巧您不在家，诚惶诚恐，恕罪恕罪。”之后又多次说道：“前日回去时，心中颇有不安，还望多多见谅。”女儿尚未到谈婚论嫁的年龄，于是便回绝道：“不必特地来访，听老身的胡言乱语了吧。”虽说如此，他却仍然对儿子说：“有一事相告。”之后傍晚时分便来到了家中。这边一时不知如何是好，于是只得打开两扇窗棂，在廊中点上灯，好招呼他进到房中。儿子迎接他说：“快上来吧。”于是他便上到廊中。打开房间侧面的便门，招呼道：“请进！”于是就听见他走了进来，但之后又退了回去，轻声对儿子说：“请先跟你母亲大人打声招呼吧。”于是，儿子便先进了屋，对我说明了事情的原委。听罢我便说：“那就请便吧。”听到这话，右马头微微一笑，伴着衣服摩擦出的恰到好处的声响，他便走了进来。

右马头与儿子开始悄声交谈起来，时而可以听见扇子敲打在笏板上的声音。我在里屋中默不作声。等了许久，他又对儿子说：“请帮我向你母亲大人传达一下，‘前日来访，无功而返，心中甚是不安。’”听罢，儿子便邀请他道：“来吧，请进吧。”于是他便双膝跪地前行，进到屋里来，之后，却没有开口说话，而我则更没有话说了。过了一会儿，或许是他心中有些不安，就趁着我咳嗽后的片刻说道：“时不凑巧，前日偏偏在您不在的时候前来拜访。”之后，便滔滔不绝，把事情的来龙去脉都说了出来。而我则只是一味地回答说：“小女年龄尚小，恐怕还不是结婚的时候，听君一言，仿佛身在梦中，就如同俗话说的，孩子乳臭未干，恐怕实在是不能从命啊。”右马头一再自说自话，搞得我也有些狼狈。黄昏时分，大雨凌乱，蛙声四起。夜也渐渐深了，我便开口道：“我家这住处实在不堪，到处是呕哑嘲哳的声音，弄得访客也心神不宁的。”听我这么说，他便答道：“哪里哪里，我这就打算告辞了，没有什么不堪的。”他虽一边这么说，夜却更深了，于是他又开口道：“公子最近还有祭典的准备要忙，至少这件事让我帮帮他吧，以尽犬马之力，今天的情况，我再向大人那边汇报一下，看看大人的意思，后天我问清了大人的意思之后再来打搅吧。”说罢，便起身要走，从帷帐的缝隙中看出去，发现廊中点上的灯火早已熄灭。里屋的角落中也点着灯火，十分明亮，因此也就一直没注意到外面的灯火早已熄灭。外面暗，屋里亮，担心临走时会不会被他看到屋中女儿的身影，一时惊慌道："没安好心啊，灯熄了也不说一声。"身边的侍女则回道："请您放心，不碍事的。"原来右马头此时早已离开了。

一五八 丈夫做主

右马头来过一次之后，便一发不可收拾，每次来都是为了同一件事，于是便告诉他："若是家主[1]同意了这桩婚事，那时我们这边也不好反对。"他却大声埋怨说："那边明明已经答应了呀。"又跟我抱怨道："大人已经说了，就在这个月二十几日，正好有一天是吉日。"这段时间，儿子被选为了使者，要代表右马寮[2]去参加贺茂祭，因此我的心思也就全在这件事上，右马头也在等着这件事忙完。然而祭典前的禊日，儿子不慎看见了死狗，犯了忌讳[3]，一切准备也就成了白费心机。

女儿年纪尚小，这边无论如何也不会考虑这桩婚事，然而右马头却又频频对儿子说道："麻烦转告你母亲大人，大人同意了，正催促呢。"于是我便给丈夫去信说："你怎么能这么说

---

1 兼家。

2 右马寮，官署名称。

3 当时的忌讳。有忌讳在身之人不得参加贺茂祭。

呢？实在是太多嘴了。你给我回一封信，我拿给右马头看，让他死心。”丈夫则回道：“我原本也是这么想的，但是儿子之前准备祭典的时候，右马头忙前忙后的，若是过一阵子他还有这个心思，那八月份的时候就把事情办了吧。”见到丈夫的回信，我总算是心里有底，松了一口气。于是便给右马头回信说：“家主的意思是，现在还太早，日子也定不下来，有些太着急了，所以家主才那么说的吧？”结果不见对面回信，过了一阵子，右马头竟亲自上门来，说：“今日打搅，是来禀告一件令人气愤之事。”于是便赶紧问道：“什么事啊，惹得您如此怒气冲冲？既然如此，请进吧。”说罢，他便回道：“既然如此，那好吧，我以后暂时不会这么不分昼夜地前来打搅了。”说罢，也没进来，只是在外面和儿子交谈了一会儿，索要了笔墨，拿出来给他后，写完便将纸张的两端拧折起来，送了进来。看了看，上面写着：

“原期四月中，杜鹃来啼溲疏丛，人离诺成空。

究竟怎么一回事，简直让我心灰意冷，还是黄昏时分再来吧。”字也写得相当漂亮，令我都感到甘拜下风，惭愧不已，于是便赶紧写了回信：

四月须稍待，溲疏不存橘尚在，葵过逢日来[1]。

1 在日语中“葵”与“逢日”谐音。歌意为，溲疏花盛开的四月虽然已经过去，但还有橘花芬芳的五月，四月举行的葵祭（贺茂祭）之后，便是相逢之日，少安勿躁。

一五九 纠缠

于是，之前定好的二十二日夜晚，右马头便来到了家中。这一次，这边的准备也就不似上次那般仓促，一切准备都很稳重得体，即便如此，右马头依旧催促，令人困惑不解：“大人对我的承诺，前后可能有些不一致。八月还远着呢，等不及了，还请三思，无论如何依照原来说的来吧。”于是便答道：“不知您是作何打算，才出此言呢？您说八月太远吗？可是若不等到八月，小女怎么知人事，谈姻缘呢？”说罢，他又说：“无论怎么年幼，见面说说话还是可以的吧？”只得回绝道：“小女着实不似您所期许的那样，不巧正是认生的年纪。”右马头也不由分说，神情充满了沮丧，又说道：“我现在心中翻江倒海，哪怕是让她藏身帘中和我问候一下我也好心甘情愿地回去啊。要么让我见见她的姿容，要么让我听听她的声音，二者中哪怕您选一个，好让我如愿以偿，请您考虑一下吧。”说着他便将手放在了帘子上，让人觉得有些害怕，但我依旧是装作没听见他说的，冷淡地回道："夜已深了，又岂是和小女说话的时候呢？"听到这话，他便悲伤难过地说："实在没想到会是这样，真是震惊，但同时也感到无比高兴，期待已久的日子即将到来了。我口拙，不会说话，惹您心中不悦，多有得罪。"看他的痛苦着实是发自内心，我便起了些恻隐之心，劝道："刚才的请求实在是恕难办到，您想想，就如同宫中天皇还有冷泉院上皇那边，白天也不是想见就能见的吧。"听到这话，他又说："正是您现在这种态度才让我痛苦的啊。"看着他痛苦的样子，实在无可奈何。词穷中不知如何作答，谈话的结尾我便也没有说什么。他见状便又说道："诚惶诚恐，看您心情不悦，既然您对我无话可说，那我如今也没什么再说的了。惶恐惶恐。"说罢，便看见他沉默中用拇指打响自己的中指[1]，过了一会儿便起身离去了。出门的时候，我吩咐下人准备火把照明，却听说："备了火把，右马头却没有拿。"心中不免有些担心，第二天清晨，写信派人送去说："走时实在不凑巧，火把也没给准备，去信问问您平安到家了吧？

杜鹃应复飞，何时再访[2]不言归，山路暗又黑。

"心中实在担心。"想着对方未必会回复，于是把信放在对面，使者便回来了。结果对面还是回了信，只说道：

夜夜欲问访，昨事天明又思量，杜鹃悔断肠[3]。

1　平安人表示不满的动作，原本源于密教的一种法术。

2　在日语中"飞"与"访问"谐音。

3　歌意为，昨夜多有得罪，后悔不堪，望您见谅，今后还多有打搅。

“诚惶诚恐。”

右马头虽心生怨恨，第二天却依旧到家门口来了，对儿子说：“右马助大人，今日有许多要事要忙，虽不能与你悠闲攀谈，但至少我们结伴一同前去衙署吧？”说罢，又和上次一样，求了笔墨，于是便拿来给他。看了看他送进来的书信，发现字迹中显出他激动的情绪：“不知前世造了什么罪孽，今生竟成如此不便之身，如今事情已愈发荒唐，与贵府小姐修得姻缘之事，应已是十分艰难，我也就不再奢求，如今我只能是遁身山野，登高投崖了。”就这么写了很多。这边只好回信说：“啊，真吓人，又何出此言呢？您若怨恨，恨的也应该不是我，而是别人，登高投崖之路我不懂，虽进退维谷，但出路此处倒是有一条。[1]”写完交给儿子，儿子便与他同乘一辆车出门了。回家时，儿子牵回来一匹特别漂亮的马。

当天傍晚，右马头又来了。说：“前几天夜里自己的请求实在惶恐，如今想起，愈发感到惶恐不安。想告诉您，如今还是依大人所说的，我再等待些时日吧。今夜我心起死回生，所以特来拜访。您虽劝我不要寻短见，但感觉也没法长命百岁，活得太长久。不过掐指一算，活三根手指头[2]还是可以的，不过想来，结婚的事的确还很远，等待的日子应是十分索然无味的，哪怕是我为您家宅子当警卫了，无论如何，不进屋也行，好歹

1　一说引用《后撰集》歌。但此处措辞并非《后撰集》歌原文，故不取此说。

2　指等待结婚的三个月。

允许我出入贵府的廊中吧。”听着他话里的意思，非但是没有体谅这边的苦衷，反而还变本加厉了，于是便将计就计，回了些合适的话，于是这一夜，他便很快善罢甘休，回去了。

一六〇 女画

就这样，右马头每日缠着儿子，昼夜不离。右马头家中有些有意思的女画[1]，于是儿子便怀揣回来。看了看，是一位女性，倚靠在似乎是钓台殿[2]的高楼上，凝望着水中的小岛。于是便在画下面，纸张的边缘上粘上了这么一首歌：

奈何池中浪，君若移情松激荡[3]，待君心彷徨。

另外还有一幅，画的是一位鳏居的男性，托着腮帮子，写着信件，正在思索的样子。于是咏歌道：

风吹蛛丝乱，此人书信何处散，情话多如山。

写罢，便让儿子拿着送回去了。

1　迎合当时贵族女性爱好的风俗画。

2　贵族宅邸中临水的建筑物。

3　在日语中“松”与“等待”谐音。

《清少纳言与侍女》，鸟居清长 绘

一六一　与丈夫通信

就这样，右马头每日依旧托儿子催促婚事，我想着，索要一封丈夫的回信给右马头看看，好让他安分一些，于是给丈夫去信说："与右马头之间发生了这样的事情，我这边不知道该如何应付了。"写罢便派人送去，丈夫回信说："结婚的日子我明明已经告诉他了，不知为何还至于如此呢？也许是因为最近外面的传言舆论都是向着你们那边的，说八月到来之前，你们那边会一直好生招待他，做得如何如何妥善周到。估计他反而因此觉得委屈，才整日叹息的吧。"丈夫的回信我还以为是在跟我开玩笑，但三番五次跟他诉说，却还是同样的回答，心觉奇怪，于是又去信说："右马头这么喋喋不休，可不是我招惹来的。他实在太难缠了，我明明都说过了，'一切事情，跟我们这边说也没有用。'他照旧如此，实在是不忍卒视了。我问你，究竟是怎么一回事？

妾身今已老[1]，何驹愿食此枯草，心困无人晓。

唉，烦死了。”

右马头依旧每日催促央求，希望这个月就能与女儿结婚。最近一段时间，杜鹃也不似往年，常常穿宅而鸣，世间都以为这是不祥之兆[2]，议论纷纷。借机在给右马头回信的边缘上写道：“最近杜鹃叫声异样，怕是有什么要风云突变。”故意把信写得玄之又玄，想吓唬吓唬他，这下右马头总算是没好意思回一些花言巧语。

一次，儿子找右马头，想借用几天马槽，右马头的态度便如之前一样，在信件的边缘上写道：“告诉你母亲大人，‘若是不先结婚，连马槽也没得借。’”于是我回信说：“似乎您觉得一个马槽就能左右事情的成败，让你‘马到成功’啊？本来图方便想借个东西，这下反而麻烦了。”于是对面回复道：“您说的是能改变您的心意好让我‘马到成功’的马槽，我真心希望的是最近就能让‘二马同槽’，好赶紧和府上小姐成婚呢。”

---

1 用《古今集》歌中典故。

2 当时的迷信。

一六二　五月

就这样，这个月也过完了。结婚的日子尚早，不是眼前之事，右马头也许便也因此意志消沉，一直到月底都没有什么音信。五月四日，雨下得正大，右马头给儿子来了一封信："等雨暂歇，请允许我登门拜访，有事要说。请转告你母亲大人：'一切都是上辈子的因缘，如今我也没什么好说的了。'"于是乎，右马头只是不停地纠缠儿子，也没有说什么要紧的事，仿佛开玩笑般，说了些无关紧要的话便回去了。

一六三 求神

今天，不畏大雨，与我同居一所之人，出发去拜神了。想着既然没什么不方便，我便也一同前往了，出发前，侍女中有人凑到我身边来，轻声劝我说："听说给女神缝制一些衣物供奉上去，就会特别吉祥，您也试试吧。""那就试试吧。"说罢我便缝制了三件素纹的小绸衣。在三件衣服的前襟上写了三首歌，至于其中究竟祈愿何事，只有神明才知晓吧：

衣成自白练，供奉神明今欲献，祈求亲无间。

另一首：

衣襟捣即软，欲由可使夫恩还，情从又意转[1]。

还有一首：

夏来裁单衣，欲见灵验因神力，虔诚有所期[2]。

天黑后才回到家。

---

1 在日语中"衣襟"与"丈夫"同音，"捣衣"与"意转"谐音。

2 在日语中"裁衣"与"灵验"谐音。

一六四　五月五

第二天，五日的拂晓时分，我的兄弟从外地归来，见我家中的状况，开口便道："快，今日屋顶上的菖蒲怎么铺得如此之迟[1]，赶在天亮前铺好才行啊。"说罢，下人们听到惊起，赶紧开始铺菖蒲，于是所有人都起了床，取下窗棂，见状，兄弟又说："暂且不着急弄窗棂，先好好把菖蒲弄好吧，这样外观也显得美观。"说罢，家中所有人便都已经起床，于是便在忙碌中过了夜。昨日开始风吹云回，菖蒲的清香，很快便弥漫了出来，十分惬意。和儿子二人一同坐在廊下，又搜集了很多种类的草木植物，便商量着制作一些与众不同的香荷包，就在收拾打理这些材料时，一群杜鹃又聚集在茅厕的屋檐上，这种事近来已是司空见惯，任凭家里人怎么喧哗，杜鹃也不为所动，只听到杜鹃凌空飞走时啼叫的两三声。这场景别有一番意趣。无人不会

1　五月五，有铺菖蒲辟邪的传统。

忘记那首古歌:“菖蒲修已葺，杜鹃立上啼。”于是大家纷纷奏乐高歌。不一会儿，太阳高起，便见右马头来信说:“今日有骑射[1]，不如一同前往观看。”儿子回复说“那就请让我同去”之后，便在使者的频繁催促中出了门。

1 五月五日左近马场的活动。

《桃树枝上的绣眼鸟》，窪俊满 绘

一六五 雨中

第二天一大早，右马头并未亲自前来，而是派人送信来说："昨日贵府似乎歌舞升平，心想不便打搅，于是终日没有拜访。现在若是有空，就请来找我吧。你母亲大人态度冷淡无情，我也没什么可说的了。虽说如此，只要一命尚在，总归会有结婚事成的那一天，若是死了，再怎么牵挂贵府小姐，也无济于事，好了，这话不能外传，替我保密。"过了大概两天，又是一大早，右马头来信道："有事情要赶紧告诉你，能否让我即刻前去拜访？"于是我便催促儿子赶紧前去稳住右马头，对儿子说："你赶紧过去吧，让他来了又能怎么样呢？"回来后又是和之前一样的台词："他也没有什么特别的事情。"又过去了两天时间，依然是一大清早，右马头来信，只见上面写道："有事要告诉你，来找我吧。"于是儿子回复说："这就前来。"过了一会儿，天降大雨，一直到夜里也不见停，儿子终究也没能过去找他。结果就收到了右马头的责备："真无情！至少写封回信也好啊。"

见状，只得回复道：“只可惜雨下得太大，实在没办法过去。”

雨水涨中川，情谊难断渡河难，所思在对岸。

于是又回信说：

滩涨断逢路，此恋愈思愈苦楚，川清留我住[1]。

就在这信件来往间，天也彻底黑了，雨停之时，右马头本人也来了。和往常一样，一开口就是等不及结婚的话，于是便回答他说：“哎呀，说了等三根手指头，这好像才刚刚过了一根吧？”听到这话，他又说：“我看也不一定吧？正因为有时候说话也不一定算话，我的心里才很是失落，万一到时候又要我重新扳着指头数日子呢？我想要不然还是把大人说的日期给折中一下吧？”看他说的颇有些滑稽，于是便回答道：“你若是让秋天才来的大雁早点飞来叫两声，我就同意。”听罢这话，他竟开怀大笑起来。此时突然想起了之前丈夫信中所说的什么待他不薄，于是赶紧又泼冷水道：“说认真的，这事也不是我一个人可以决定的，你若是想着催促家主那边，感觉也没那么容易。”听到这话，他回道：“何出此言呢？至少这件事让我好生求求大人吧。”听到他一再催促，想着怎么才能让他罢休，但太决绝的话却实在是不好说出口，只得道：“你想和女儿见面这事，我感觉实在是不好办，希望您能明白，哪怕是去求我家丈夫，也是不太好办的。”于是顺势拿出丈夫写来的信件，当然，那些不便被他看到的地方，自然已经事先撕去。于是右马头溜到屋外廊

1　在日语中“爱人”与“滩”同音，“清”与“留人住”谐音。

下，借着朦胧的月光，凝神看了很久，说道：“墨色和纸张的颜色太接近了，实在看不清，白天来拜访时再拜读吧。”说罢便将信还了回来。我问他：“那就把信撕了吧？”他回道：“还是先别撕吧。”装出一副丝毫没有看清信上内容的样子，又说道：“我一直魂牵梦萦的婚期也快到了，常言道，这种时候就该小心谨慎，我心中一阵不安啊。”说着，又时不时用旁人难以听清的声音吟诵了些什么，像是和歌。最后，右马头留下一句：“明天清晨，我有事要去衙署，请转告公子，届时我顺便来访。”说罢便离开了。

一六六 枕边的信

见昨夜应该已经拿给右马头看过的书信出现在枕头上，我之前明明已经撕掉的地方还在，该撕的并没有撕掉，心觉奇怪，闹了半天，原来是我把当时写那首“妾身今已老，何驹愿食此枯草”的歌时左思右想打过的草稿给撕了，拿去给右马头看的原来是这张草稿。一大早的，右马头就给儿子来信说：“今日偶感风寒，因此不能前去拜访，不如你正午到我这边来吧。”儿子心想，这次应该与之前一样并无什么要紧之事，于是便也没有去，正在此时，来了一封信，上面写道：“原本想着这次要赶紧上门拜访，但考虑到婚前应谨慎行事，于是便只得暂缓一下了。昨夜的信件我读来一头雾水，为此事专程来找公子一叙又不好意思，想着什么时候有机会好好地跟您解释一下。考虑到我这不足一提的卑微身份，觉得结婚之请求实在令我神魂难安。”这次的信与以往不同，态度比较端正，没有那么强势。至于回信，想着也没必要每次都必须得回，于是也没给他回复。第二天，心念他还是十分可怜的，况且考虑到年轻人毕竟有时的确年轻气盛，于是还是回道：“昨日这边有人身有忌讳，因此一整天就这么耗过去了。若不给你回信的话，估计你又要以为我这边‘飞鸟川塞浅，心思朝夕变’[1]，虽然担心你这么想，但还是暂缓没有回信。有机会的话，这边一定再催促一下我家丈夫，只是现如今，我自己已失宠沦落至此，估计也没有什么机会了。见你纸边信尾所写词句，实在令人揪心，我这边也知悉你的苦衷。纸张的颜色，不会白天也看不清吧？”写罢便差遣信使送去了。不巧这时，对面右马头家中来了很多僧人，喧嚣吵闹，于是信使把信放下便回来了。第二天一大早，从那边来了回信：“昨日来了一些不三不四的僧人，打发完后便已天黑，使者也回去了，因此今日才回复，

叹息于朝暮，花下杜鹃栖荫苦，身忧化溲疏[2]。

不知如何是好，昨夜只得谨慎自重，度过一晚。”于是这边便回道：“昨天你的态度似乎改弦更张，怎么了，感觉十分奇怪。”

花下孤寂影，何故枝下竟悲鸣，曾闻不忍情。

写罢，觉得第一句写得太过于同情他，于是又把上面一句划掉，又在边缘写道：“总感觉此歌哪里有些写得不对。”

---

1 《古今集》歌。“飞鸟川”的河道变换不定，由此和歌中派生出无常的意象。

2 在日语中“忧”与“溲疏花”谐音。

此后，从右马头的回信里顺便得知：“左京大夫[1]去世了。”于是丧期中，更加谨慎言行，进入山寺修行的时候也多了起来，这中间右马头又几度来信，就这样，六月便结束了。

1　藤原远基，兼家的同父异母弟。

一六七 求婚的尾声

日子来到了七月，感觉离八月也不远了。女儿依旧十分孩子气，担心她结婚后的生活该是如何是好，心焦不已，毕竟我与丈夫的关系都业已断绝。到了七月中旬，右马头又不停地催促我。就在这时，听身边有人说道："右马头抢了别人的妻子，将之藏在了某个地方，此事太过荒唐，世间已经传得满城风雨。"听闻此事，我心觉再没有什么消息可以比这件事更令人宽心的了。七月即将过去，考虑着如何借此机会彻底拒绝右马头，如此盘算中，想到之前对他的种种同情，不由得感到一阵讽刺。这时右马头又来了信，读了读，措辞之间仿佛就如同这边已经去信拒绝了婚事一般："啊，着实是震惊，让您听到了一些本非我意的消息，八月份可能也就没法与贵府小姐成婚了。另外，与此事无关，我还有别的事情相告，无论如何也别弃我不顾。"

于是这边回信:“你说有事‘非你本意’,说的是什么事?你说‘另有事情相告[1]’,看来还没有忘却我们同僚之情呀,这我就安心了。”写罢便送了过去[2]。

---

1 此段对话中的另有他事究竟指代何事难解,一说代指右马头抢夺别人妻子一事,一说代指与道纲的上下级关系一事,不明。

2 以上是右马头藤原远度求婚事件的始末。兼家大哥伊尹去世后,兼家与其兄长兼通争夺权力的政治斗争日益激烈。而远度求婚时间正好与这段时期吻合。关于此次求婚,学者川村裕子认为,远度一系列怪异的举动与最后的不了了之实际是兼通的授意,目的是以远度作为间谍,监视兼家的妻子,刺探兼家情报。简述此说,供读者斟酌。

《三皇女像》，鸟居清长 绘

一六八 天花

到了八月，世间突然流行起天花，人心惶惶。二十日前后，家中也有人感染上，其中数儿子病得特别重。一时间不知如何是好，以至于我都开始犹豫，要不要通知早已断绝来往的丈夫，此时心中自然是不知所措，乱了阵脚。但光这么说也无济于事，于是还是去信通知了丈夫，回信却是粗暴又冷淡无情。只是让送信的使者口头上询问了一下儿子情况。这种情况下，哪怕是关系不那么亲近的人都应当前来看望一下，想到这里，心中愈加不平。与此同时，右马头倒是厚着脸皮频频前来探望。九月初一，儿子的病痊愈了。从八月二十几日开始一直不停歇的雨，到了九月也依然不断，下得天色昏暗。家边的中川与贺茂川因涨水似乎已汇成了一条河流，感觉家都要被冲走。世间凄凉无比，门前的早稻此时也尚未来得及收割，只是趁着雨偶尔停歇的间隙，抢着稍微做了一些炒米。

天花依然肆虐，世间纷纷传言，故一条太政大臣[1]家的二位少将大人[2]，这个月十六日也双双撒手人寰了。同情之心，令人悲痛欲绝。听闻此事，侥幸痊愈的儿子也顿感自己是不幸中之大幸。病虽已好，但也没有什么特别要办的事情，因此儿子也就没有出门。二十多日，丈夫稀奇地来了一封信，问道："儿子怎么样了？这边生病的人都痊愈了，为什么不见儿子的身影，十分担心。想必你对我已是十分憎恨，但我并不是刻意疏远你，当初与你任性赌气的日子也都早已过去，我也并未将你忘记。"信写得很真切，但我觉得可疑。回信的正文中，我便只写了关于儿子的事情，又在末尾纸边上写道："的确，'怎么可能把我忘了呢'？"写罢便交人送去了。

1　藤原伊尹。

2　左少将藤原举贤，右少将藤原义孝。

一六九　偶遇

儿子病愈后第一次出门，途中偶遇了之前通信的那位女子[1]，也不知为何，二人的车毂剐蹭在了一起，有些难堪，第二天，儿子去信说道：“昨夜不知是你，话说回来，

时来便是缘，年月如车轮回转，得无相牵绊？[2]”

对方将此信取来读罢，之后便来了回信，纸张的末尾边缘依旧用平淡无奇的字迹写道：“不知有此事。不是我，不是我。”信中反复强调昨夜碰到的不是自己。

1　大和。

2　在日语中“时来”与“车”谐音，“牵绊”与“如此”谐音。牵绊即指上文中车毂的剐蹭。

一七〇 意外的来信

就这样，十月到来了。二十几日前后，离家避凶，住在别处时，突然听闻，那令人忌讳之处[1]，竟然诞下一子。有了此等好事居然还四处宣扬，明摆着就是招人憎恶，但我偏不吃心。晚间时分，华灯初上，正准备用餐之际，兄弟[2]到了这边的宅院附近，从怀中取出一封系好的信件。信用的是檀皮纸[3]，外插一枝枯萎的芒草，将之取下，准备打开一读，问道："奇怪，谁人来信？"回答我说："一看便知。"于是打开，借着灯光读来，发觉和丈夫那令人厌恶的笔迹有些相似。信上写着："上次说的'何驹愿食此枯草'那首歌，后来怎么样了？

---

1 近江。一说此人宅院在作者家东北。东北为鬼门，凶。

2 藤原理能或藤原长能。藤原长能也是该时代的重要歌人，后因藤原公任在歌会上公开指出自己歌中的错误而郁郁寡欢，最终含恨离世。

3 当时的高级纸张。

经霜枯草前，驹虽言老顿生怜，还童续君缘[1]。

啊，真令人伤感。”信中提及的七个字，原本是我之前后悔写给丈夫的和歌。为什么来信之人会知道我们二人的通信呢？着实奇怪。于是便问道：“这是怎么一回事？这应该是堀川殿下[2]的来信吧？”兄弟回答我说：“的确是太政大臣之信。大人的一位随从将此信送到了宅中，告诉他你不在家后，还是拜托我一定要把信送到你手中，说罢便把信留下了。”不知堀川大人是如何得知我的那首歌的，这令我百思不得其解[3]。众人商议之后，老成的父亲也耳闻了此事，惶恐道：“诚惶诚恐，应速速回信，赶紧交给堀川大人的使者送回去。”就这样，回信写得虽不能说是狗屁不通，但也算得上是比较草率：

筱篁拨来见，驹尚不食定将厌，林下心愈远[4]。

---

1 在日语中“驹”与“返老还童”谐音。枯草为兼通自喻。

2 藤原兼通，兼家的兄长。此时正值兄弟二人政治斗争激烈的时期。大哥伊尹在世时，兼家作为伊尹政坛的重要政治力量，得到重用与庇护，官位一度超过哥哥兼通，引得兼通不满。兼通在伊尹去世后，得益于故太皇太后藤原安子（兼通妹，兼家姐）“官位应兄弟相及”的遗愿，因年长之由，官位超越了兼家，升任了太政大臣。兄弟二人因此事彻底决裂，直到兼通临终，兼家都未与之和解。后兼通病重弥留之际，兼家过兼通家门，兼通以为弟弟不计前嫌前来探望自己最后一面，不料兼家过而不入，径直入宫，觊觎兼通死后空缺的太政大臣之位，兼通大怒，不顾病重，临死前入宫将大权交予亲缘关系较兼家更远的堂兄藤原赖忠。

3 若采前注中，右马头远度实为兼通间谍一说，则可推测是右马头将作者草稿上的此歌透露给了兼通。

4 歌意为，我年老色衰，丈夫那样的驹马尚且嫌弃不肯食用，见面后您一定也不会喜欢。

后来听身边的人说："堀川大人正在思索回信该怎么写，但只写了半句便说：'下半句还没写好。'"之后等了很久，也不见回信，着实有意思。

一七一 临时贺茂祭

今年要举行临时的贺茂祭[1]，后天，就要召儿子去跳舞了。得益于这件事，丈夫稀奇地来了一封信，问道："准备得如何了？"还送来了跳舞所需的装束。排练的那一天，回忆起丈夫之前信中所说："最近因有忌讳而在家闭门赋闲，因此也没法入宫，原本想着去你那边送送儿子，但想到你一定也不想让我过去，不知如何是好，十分牵挂。"一想到这些话，我心中七上八下，心觉事到如今，他就是来了也无济于事，于是赶紧催促儿子道："赶紧穿好服装准备去了。"说罢，便大哭了起来。听说后来丈夫专门陪着儿子练了一遍舞蹈，之后才把他送进宫去的。

祭典当日，无论如何也想去看看儿子的表现，于是便出了门。路的北侧，停着一辆蒲葵车，前后的车帘都摘了下来。从车前往里望去，能看见一人的衣袖，清爽利落的红衬上套着一

1 为当年的十一月二十三日。

件紫色的绮罗，我以为车中人应该是个女性。这时，车尾方向有所宅邸，从门内威风凛凛地走出一人，佩着六位官的大刀。只见这人走到车前跪下，向车中禀报着些什么，定睛一看，吃了一惊，这六位官的车边，聚集了无数身着绯色和黑色[1]官服的人。身边的侍女这才发现："仔细一看，其中还有好多眼熟的人呢。"今年的仪式结束得比往年都要早，公卿们的车辆与旁边操车的下人们聚成了一团，围在刚才那辆蒲葵车旁边，估计是认出了车中所坐之人正是丈夫，便纷纷把车停在周围，车头排成一列。我牵挂已久的儿子终于出场了，这时，就连下人们也显得光彩照人。公卿们竞相赏赐了手头的菜肴，议论纷纷，我也心里觉得很有面子。惯看世间的老父亲，因为身份的限制[2]，无法和公卿们在一起，只得头插棣棠花，与公卿的随从们一道。丈夫却特地从人群中将父亲请出来，为他斟了一碗从府中带来的美酒，见此情景，我心想，一生哪怕只有这一次，也该知足了。

1 绯色为五位官，黑色为四位及以上官员。

2 伦宁此时虽为四位官身份，但未被授予官职。

一七二　八桥之女

话说回来，世间一直有人操心儿子的终身大事，说："也不能老是一个人吧。"于是便介绍了一位家中与八桥[1]有些渊源的女子，于是儿子便率先去信说：

葛城神迹显，一言大神若灵验，欲得与君见。

却听对方说，并不知晓此事。不见回信，于是又去信说：

回信迷归途，八桥一踏似蜘蛛，无益寄何处[2]？

这次有了回信：

此路不应通，八桥虽踏文无踪，此愿应成空。

信是找擅长书法的侍女代笔的。于是回信：

何故断此恩，此路已踏岂无痕，愿闻君后文。

于是对面又回：

1　在近爱知县，一说在京都。

2　"八桥"名自桥的形状，如蜘蛛般八只脚。"回信"与"归途"同音。

君虽有此意，苍穹缥缈何所益，云中路难企[1]。

儿子不肯罢休，不落下风地又回道：

苍穹杳难及，如今若无青云梯，奈何应叹息[2]。

回信说：

虽登青云梯，见君来信应生疑，虽拒仍有意？

于是又去信说：

君心实可待，云中仙鹤翼尚在，降至苇从来[3]。

之后对面说，天色已晚，于是便断了联系。

日子到了十二月，儿子又去信说：

铺袖独自眠，衣沾泪湿已经年，此景何曾见？

结果对面告知说："外出去了。"于是也就没了回信。就在第二天，儿子又去讨要对面的回信，于是来了一封插着卫矛[4]的信，信上只是写道："来信已读。[5]"儿子不罢休，又迅速回道：

卫矛枝既览，此情业已至险山，惜字如此番？

对面回信：

天边白云端，有松险远常在山，纵待改色难[6]。

---

1 "云"与上文中"蜘蛛"同音。

2 意为，若没有好的手段追求你，那自会无奈叹息，好在我有青云梯，因此再难我也会争取你的心。

3 意为，哪怕你不相信我有青云梯，我还有仙鹤的翅膀可以追逐你的心。

4 在日语中"卫矛"谐音"险峻之处"，表明自己并无此意。

5 在日语中"已读"谐音"树枝"，亦有指出此物为卫矛枝之意。

6 "松树"与"等待"同音。此歌以松树自喻，意为，即便你苦苦等待，我也不会屈从。

今年的立春早于新年，儿子出门避凶，去信道：

值此年内时，心绪已晴待君至，报春与君知。

结果并没有回信。于是又去信一封说："避凶仅此一夜，请赏光片刻吧？

年岁行将暮，我身至此皆碌碌，逢春日竟无。"

这次对方也没有回信。就在心生疑窦之时，听闻传言说："此女子身边有许多追求之人。"难怪如此。于是又去信说：

心若存他欢，莫言有松待险山，白浪勿冲滩。

对面回信说：

心中无他欢，从来白浪不冲滩，平淡越年关[1]。

年关将至，儿子又去信：

诚如君所言，浪心疾苦松不变，待君既经年[2]。

回信说：

松应契千年，一载光阴应不鲜，归去时已远[3]。

奇怪，究竟是什么意思呢？又有一天，风刮得很大，儿子去信说：

随风亦悲情，波涛涌起心难静，大海似我膺。

将信送到，回信却是别人的笔迹："您找的人自今日起缘分

---

1 以上两首歌以《古今集》歌为典，白浪冲滩暗喻变心。此歌意为，我对你并无此意，也没有变心，只是这些年来对所有人都一样的平淡。

2 歌意为：虽如你所说，但时间过去一年，我对你的真心依然不变。

3 后半句意思难以理解，与后文中道纲的反应亦可呼应。

已尽。”另外送还回来一根只有一片叶子的树枝[1]。于是儿子还是回道：“替自己感到悲哀。”

唯君可寄情，枝上有叶尽凋零，叹息意难平。

---

1 在日语中“叶”与“话语”谐音，象征着与道纲最后的通信。

一七三 尾声

今年天气不算恶劣，只稀疏地下了两次雪。在替儿子准备元旦入宫与白马节会的装束中，年关便至。收拾打理明天元旦用来应酬的礼物[1]的工作，也交给身边的人来完成，细细想来，自己在世间枉活这么多年，竟能苟延至今日，着实有些意外吃惊，观看御魂祭[2]时，年末的最后时光在与往年一样的无尽感怀悲哀中落下帷幕。身居这京城边缘的偏僻之地，前来追傩的人们，直到天亮后，才姗姗来到我家叩门。

书中如是[3]。

---

1 多为服装丝绸等。

2 除夕夜招待故人魂魄的祭典仪式。

3 此四字为传抄者添加的衍文。此日记的结尾距离作者离世尚有多年，从行文内容来看，结尾缺乏与上卷开头序言相呼应的部分，作者或许本并不准备于此结尾。

《吊香旁的宫廷女子》，鱼屋北溪 绘

《蜻蛉日记》译后记

一、《蜻蛉日记》的时代背景

《蜻蛉日记》是日本平安时代的贵族女性藤原道纲母所著的一本纪实文学。不同于日本传统的叙述文学“物语”中对故事情节的虚构与艺术加工，“日记”文学往往以作者的真实经历为基础，同时记录作者的丰富心理活动。因此，“日记”文学在具有一定的史料价值的同时，还反映着历史人物的性格。这给我们从微观角度理解与研究历史人物与当时的贵族生活，提供了宝贵的材料。反过来说，如果不了解《蜻蛉日记》的时代背景，就很难准确地理解作品的实质。

《蜻蛉日记》成书不晚于日本天延二年（974），这一时期正值日本平安时代中期，相当于我国五代十国末期，北宋统一之前。

政治上，自日本朝廷迁都至平安京（今京都市），已过去一百八十年。这一百多年间，日本政局相对平稳，除了上层贵族的政治斗争（阳成天皇的皇权更迭、阿衡纷争、昌泰之变等）与零星发生的地方叛乱（承平天庆之乱等）外，整个日本列岛没有发生较大规模的政权更迭与对外战争。

经济基础方面，得益于相对平稳的政局，当时的社会生产力得到了发展，地方上，更多的农田被开垦了出来。虽然当时以京都为中心，覆盖大阪、奈良等地的近畿地区经济中心的地位依旧没有改变，但与此同时，随着地方豪强不断开垦出新的私田，地方经济实力不断增强。因此，上层建筑方面，在7世纪末期模仿中国人口与经济制度建立起来的、由朝廷直接管辖人口与土地的编户制与班田制，越来越不能适应当时生产力的发展需要，而以编户制与班田制为基础的顶层政治设计“律令制”在这个时代名存实亡，在朝廷对地方经济与人口的控制力日益减弱的状况下，一套符合日本当时生产力发展水平的土地制度“名体制”便因此诞生。不同于之前“律令制”体系下朝廷直接管理支配地方的人口与土地，“名体制”更类似于一种以方国为单位的“承包制”，将原本由朝廷支配的公田编为“名田”分配给地方豪强，而中央在各方国任命地方官，地方官在当地以赋予地方豪强一定的政治地位为交换条件，换取地方势力协助朝廷征收赋税，支配人口。

如此一来，地方官在任国充当朝廷势力的代理人的同时，他们在归京述职时也成了地方势力在政治中心平安京的利益代理人，地方豪族通过朝廷任命的地方官为中央政治势力提供财源，而朝廷贵族则以地方官为代理人，以政治权力为地方豪族提供庇护与统治的正当性。于是，平安京中的贵族自然产生了分化，诞生出直接染指朝廷最高权力的“公卿”与直接掌握地方经济实权，世代充任地方官的“受领”。值得注意的是，公卿家的贵族在年轻时，往往也会担任地方官的职务，但与普通的“受领”阶层相对固化的身份地位相比，公卿家的子嗣享有着官职从地方官跃升为中央高级官吏的特权。

在这种阶层的分化逐渐固化的同时，在中央朝廷，一套以藤原氏北家为核心的家族政治制度“摄关制”代替了自平安初期以来一直维持的天皇亲政，随着掌握朝廷最高实权的摄政与关白以及象征着百官中权力巅峰的太政大臣开始为藤原氏北家所垄断，政治实权便由天皇家转移到了长期拥有外戚身份的藤原氏北家，成为“公卿”的上升通道也牢牢地被藤原氏北家把持。于是，在地方任官的受领贵族与地方豪强不得不愈发依附于藤原氏北家的政治势力、为其提供强大的财力支持。由此，公卿、受领、豪强、农民这样四层结构的封建制度便日益稳固了。这套制度中最大的受益者，莫过于以中臣镰足为家祖，在当年因提倡大化改新而被赐姓藤原的，藤原氏一族。

藤原氏自飞鸟时代以来，依次在政治斗争中击败了苏我氏、大伴氏、橘氏等旧贵族；在进入平安时代后，又击败以源、平两氏为代表具有皇室血统的高级贵族，以及以菅原氏为代表的新贵族，屹立日本政坛数百年而不倒。而本文的作者藤原道纲母以及其丈夫藤原兼家正属于这荣华数百年的藤原氏中最显赫的北家。道纲母与兼家之间血缘关系也并不算太远，道纲母的曾祖父藤原高经是兼家曾祖父藤原基经的亲弟弟，因此二人应该是远房的兄妹关系。然而，二人的家世则是天壤之别。藤原道纲母的家世原本属于“受领”阶层，而兼家则家世显赫。曾祖父基经的义父良房是平安时代第一位非皇族的外戚，基经也是平安时代第一位关白。此后，基经的二子时平、忠平依次把持朝政，忠平的两个儿子，兼家的大伯父藤原实赖与兼家的父亲藤原师辅的政治同盟则长期在村上天皇时期把持朝政，师辅与正妻藤原盛子的四个子嗣中，大儿子伊尹、二儿子兼通和兼家三人依次担任太政大臣且掌握实权，而长女安子则是村上天皇中宫（相当于皇后）。兼家与正妻藤原时姬所生的五个子嗣中，道隆、道兼、道长依次担任太政大臣，超子与诠子则分别为三条天皇生母与一条天皇生母。尤其是道长，正如实赖养子实资所记的汉文日记《小右记》中记载的“一家立三后，未曾有”一样，三个女儿彰子、妍子、威子此后又相继被立为中宫或皇后，且此后平安时代所有的摄政与关白均为道长的子嗣，其显赫令人叹为观止。就连本文作者的儿子藤原道纲，虽身为庶出，日后依然位列公卿，显赫一时。综上所述，藤原兼家的家世不可谓不显赫。可以说，公元1000年前后的日本政治史，从某种程度上来说甚至可以概括为兼家的家史。

《蜻蛉日记》记录了自天历八年（954）至天延二年（974）二十年中，作者与兼家的婚姻生活。这段时间正是兼家登上权力巅峰前，一步步晋升的时代，然而，《蜻蛉日记》中却鲜见直接描述兼家政治谋略的内容，这无异于为我们提供了一个观察兼家的独特视角。正如作者在本文序言中所提到的一样：“而世间中，那些想了解权门中的荣华富贵的人，亦可以此一文作为参考。”

二、《蜻蛉日记》的价值与本质

首先，正如上一节所述，《蜻蛉日记》具有极高的史料价值，文中不仅记录了兼家的一部分日常生活与和歌，还提及了兼家家族中的一些重要成员，例如藤原登子、藤原怤子、藤原师氏、藤原伊尹、藤原兼通、藤原道隆、藤原道纲等。与此同时，文中还提到了当时几次重要的政治事件，例如村上天皇驾崩、源高明流放、藤原伊尹薨去等等。特别是，在下卷的结尾处，作者记录了兼家兄长兼通的来信，这为我们研究这个时期日益公开化、白热化的，兼通兼家两兄弟的政治斗争中的种种细节，提供了无可替代的史料。

除此之外，学术界一直以来有一种认识，认为《蜻蛉日记》的成书是站在女性视角控诉丈夫兼家的薄情，属于记录女性自身生活不幸的闺怨文学。依照此种观点，《蜻蛉日记》的本质，应是对日本封建婚姻一夫多妻制度下，受领阶层的女性与公卿阶层的丈夫之间因巨大的身份地位差异而产生的悲惨命运的记录与批判。站在现代人的视角来看，这种观点固然具有一定合理性，然而，当我们回归平安时代的历史背景，在那个一夫多妻仍然是理所当然的时代，文中记录的种种应该是贵族婚姻生活中的常态。因此作者道纲母对丈夫兼家的批判，应是多么有悖当时价值观的叛逆行为。这样的作品，如果没有当事人兼家的默许，又怎能流传于世间呢？这里，我想引用日本国文学资料馆前馆长、名誉教授、日本九州大学名誉教授今西祐一郎老师的观点，他的真知灼见为我们揭示《蜻蛉日记》成书的本质，提供了一条捷径。

今西教授在《新日本古典文学大系》的解说部分与《蜻蛉日记觉书》中敏锐地指出，纵观兼家的家族，自父辈一代以来，摄关家在政治上获得成功的同时，需要编纂一本和歌集，从而体现“文章经国”、文学教化意识的风气。例如大伯父实赖的《清慎公集》、父亲师辅的《九条右大臣集》、叔父师氏的《海人手古良集》。到了兼家这一辈人依旧如此，例如伊尹的《一条摄政御集》、与兼通相关的《本院侍从集》、记录同父异母弟藤原高光的和歌与事迹的《多武峰少将物语》，而到了兼家儿子的这辈，则诞生了人们更为耳熟能详的作品，例如在道长庇护下撰写的《源氏物语》、与道隆相关的《枕草子》。而这其中，唯独缺少有关兼家与道纲的文学作品，然而，一旦我们把《蜻蛉日记》看作是为兼家与道纲“量身定做”的“文治之功”，一切问题便迎刃而解了。事实上，《蜻蛉日记》的上卷与中卷记录了大量出自兼家的和歌，下卷又记录了许多其子道纲的和歌。此外，如果我们细读本书，儿子道纲在文中的形象固然是沉着冷静、勇猛无比的，就连被“控诉”的兼家在文中的形象竟也没有那么可憎，甚至有些可爱。事实上，兼家在文中最为作者诟病的地方便是其“好色之心”，然而，在平安时代的主流价值观中，男子的“好色”非但不是缺点，反而是一种值得肯定的特质。因本书中作者对兼家的“批判”，事实上并不能贬损兼家的形象，反而可能还有利于提升兼家在世间的风评。综上所述，今西教授的观点具有非常充分的合理性。《蜻蛉日记》成书的目的，很可能并不是道纲母一时兴起的泄愤行为，反而是一场有目的、有计划地提升、美化兼家形象的工程。

另外，从兼家父辈一代人编纂和歌集，到兼家子嗣庇护文人撰写物语，我们不难发现，“摄关家”的风气由编纂诗歌文学逐渐向编写叙事文学发展。其中，记录兼家的异母弟藤原高光的《多武峰少将物语》又称为《高光日记》，正可以理解为从诗歌文学向叙事文学过渡时期的作品。事实上，日本传统叙事文学“物语”中有一类“歌物语”正是脱胎于和歌集，其中的叙事文学源于记录和歌吟咏时前因后果的“词书”，相当于中国诗歌中的序。为摄关家颂德的文学体裁之变化，暗合于日本古典文学的发展规律，应该不是巧合。正如京都大学金光桂子教授在《中世王朝物语享受与创造》一书中所指出的，直到平安末期，摄关家依然保留着撰写物语的传统，例如与藤原兼实及其子良通有密切关系的《有明之别》便是一例。

最后，我们应当注意到，尽管本书诞生伊始或许的确与兼家有千丝万缕的联系，然而这并不妨碍我们从文中读出道纲母意识中突显女性自我解放意识的部分。从上卷中对丈夫的依赖，到中下卷中精神上脱离丈夫独立自主的尝试，我们不难看出在封建社会中，中层贵族女性对自我解放的渴望，这种客观上体现出的人性价值，应该是本书思想意义上最不可忽略的部分。

三、《蜻蛉日记》在文学史中的地位

纵览日本古典文学的发展史，我们往往习惯笼统地将之按照历史时代之不同划分为上代、中古、中世、近世四个时代。其中上代指的是从古坟时代到奈良时代的日本文学草创期，中古指平安时代的贵族文学时期，中世指镰仓时代与室町时代的武士文学，而近世则指江户时代的町民文学。这样的划分与定性难免有粗陋之嫌，但仅就中古文学来说，这样的划分却很好地揭示了平安文学的本质。毋庸置疑，平安文学的本质是贵族文学，因为此时文学的作者与读者都是贵族，平安时代文学作品在当时的传播范围也仅限于贵族阶层内部。因此，《蜻蛉日记》也是一部典型的贵族文学。我们不难看出，文中的出场人物全部都是贵族，哪怕是身份稍微低贱些许的家臣，在作者的笔下也时时显得鄙陋不堪。而身份更加低贱的农民，除了作为零星点缀登场之外，在文中的大部分时候似乎就如同隐身了一般。

我们把平安时代的贵族文学的发展历程前后分为两个阶段，第一个阶段是 8 世纪末平安迁都到 9 世纪末废止遣唐使制度的这一百年。这个时间段中，平安文学的主旋律是对中国文学，特别是唐代文学的模仿。天皇不但亲自创作汉诗，还下令编修敕撰汉诗集，把“文章经国”的思想体现得淋漓尽致。而

自9世纪末起，随着唐帝国山河日下，日本的意识形态开始出现脱离中华文明圈的新动向，在此背景下，强调日本文学独特性的国风文化开始成为主流。虽然一直到平安中期，日本朝廷与五代十国中钱氏吴越政权的交流一直没有中断，但在文化方面，日本无疑已经在吸收了中华文化的诸多要素后，消化融汇，走出了一条具有独自特色的道路。其中最具代表性的事件便是，《古今和歌集》的编纂。《古今和歌集》将以往只有汉语文学才拥有的“敕撰”特权，转移到了和文体裁上，体现了当时统治阶层对日本本土文化的自信。此外，和文日记文学的诞生也是这种时代潮流下的产物。

日本日记文学源于男性贵族记录日常政治生活的汉文日记，可能是模仿古代中国记录皇帝日常生活的起居注而形成的一种文化现象。这种文体一般由汉文或者变体汉文（杂揉了日语语法与词汇的汉文）写成，在女性一般不掌握汉语的平安时代，为男性贵族所垄断。而第一个使用和文（大和民族的母语）写作日记的，是《古今和歌集》的编撰者之一，当时首屈一指的歌人纪贯之。贯之在积极地从中国古典文学中摄取营养的同时，假托身边女性的口吻，首次以和文文体创作了《土佐日记》，开创了和文日记的先河。而《蜻蛉日记》则是现存最早的确凿由女性撰写的日记，从此真正意义上开创了女流文学的先河。这是本书在文学史上不可忽视的重要地位。

在和文日记发轫的同时，同样由和文写成的物语文学也开始出现，不同于上代文学中为在与唐帝国、朝鲜半岛以及渤海国的外交活动中彰显日本朝廷存在感与合法性而编写的《日本书纪》以及宣传大和政权正统性的《古事记》，也不同平安前期为宣传佛教思想而编写的《日本灵异记》，早期的物语文学更多与贵族的恋爱生活等息息相关，例如《伊势物语》《大和物语》。而这个时代的物语中的故事大多短小，直到《宇津保物语》出现之前，都是以和歌为核心组成，整体结构类似于“散文体小说”，呈现出结构松散的特征。然而随着女流日记文学的兴起，物语文学的篇幅开始增加，叙事性更加丰富，和歌在文中的功能也悄然发生变化。事实上，女流日记对平安时代叙事文学起到的发展作用，在《蜻蛉日记》上体现得最为明显，这与道纲母以及兼家周边的文人密不可分。

兼家的家族与平安文学之间千丝万缕的联系我们在上一节中已经讨论。而道纲母的家族，也是文学家频出的家族。道纲母的兄弟中，有当时著名的歌人藤原长能，此外，《更级日记》的作者菅原孝标女，则是道纲母的外甥女。此外，道纲与当时一流的女流歌人，出身儒学世家大江家的和泉式部也有过信件往来。我们不难想象，当时以摄关家为中心存在着一个文坛沙龙，而正是这样的土壤，才孕育出道纲母的《蜻蛉日记》等一系列作品，而孕育出的这些作品，又为在后世被奉为日本古典文学最高峰的《源氏物语》提供了新的土壤。

我们从《蜻蛉日记》中不难看出，道纲母对自己所咏和歌的自信，这种自信应该是建立在她广泛涉猎各种和歌作品的基础之上的。道纲母的和歌素养，不仅源于当时已被奉为经典的

《万叶集》《古今集》等作品，甚至还源于《曾祢好忠集》这类在当时的歌坛看来相当标新立异的新锐作品。由此可见，道纲母的文学素养，很大一部分来源于《蜻蛉日记》之前的和歌文学。从这个角度来说，《蜻蛉日记》虽是一部散文作品，但与和歌有着千丝万缕的联系。值得注意的是，《蜻蛉日记》中，道纲母对和歌的运用，已经脱离了早期物语中《土佐日记》里那种围绕着和歌行文的技法，而是开创出了和歌为叙事文学服务的新技巧。这样的技巧，直接为叙事文学中和歌文学的功能定下了基调。

四、《蜻蛉日记》与中国文学

熟悉平安文学的读者应该了解，白居易的诗歌对平安时代的诗歌文学产生了革命性的影响。而在叙事文学中，得益于紫式部深厚的汉文学素养，《源氏物语》也运用了大量的源于汉文学的修辞与典故，例如《史记》《汉书》以及白居易的诗歌。然而，早在《源氏物语》以前，在和文的叙事文学中便早已出现了汉文学要素的痕迹。神户女子大学教授北山圆正老师就指出《土佐日记》结尾部分与汉文学之间的渊源，而京都大学名誉教授大谷雅夫老师，以及京都大学博士张陵则对《蜻蛉日记》中引用的汉文学要素有过系统的阐述。大谷教授指出，《蜻蛉日记》中引用了李白的诗歌，此外他还依照汉文学对《蜻蛉日记》的现存文本进行了批判与校对。而张陵博士则在她的博士论文《平安女流文学与汉文学以道纲母与菅原孝标女为例》中系统地介绍并分析了《蜻蛉日记》中所见汉文学要素的情况。文中具体引用汉文学的部分，详见译者注。

然而，在翻译《蜻蛉日记》的过程中，译者发现，道纲母对汉文学要素的运用绝不仅仅停留在引用的层面。很多时候，作者往往可以做到对汉文学中典故的灵活运用，融会贯通于行文之中，看来，道纲母对中国文学的理解与认识程度，可能还要远超过我们现在的认知。

常言道，中日两国，一衣带水；又有一句话叫，他山之石，可以攻玉。我想，我国的读者，在阅读这本《蜻蛉日记》时，一定会有很大的收获。我们在体会日本文学独特的审美意识的同时，也应该了解到中华文化在那个时代留下了强大的影响力与生命力。

五、版本问题

在日本古典文学的传承中，印刷本普及得很晚，直到中世末期（大约相当于中国的明末）才形成规模，因此之前的人手传抄过程中，一定会发生许多错漏。镰仓时代的歌人藤原定家苦于这样的现状，曾组织门下大规模地校订书写了一批现在叫做“定家本”的文学作品，定家本的出现，客观上极大地优化了日本古典文学的文本，一定程度上解决了当时文本混乱的问题。然而不幸的是，直到今天也没有发现藤原定家校订书写的《蜻蛉日记》。因此，《蜻蛉日记》现存的各个版本之间多有不同，很多地方已经无法考证原文的形态，因此学术界的各部注释中，有时对同一个地方的解释会大相径庭。本书以日本宫内厅图书寮藏本为底本，参阅了《角川文库》中柿本奖老师，《新编日本古典文学全集》中木村正中、伊牟田经久二位老师，《新日本古典文学大系》中今西祐一郎老师等多部先行的日语注释，力求博众家之长。然而，译者愚拙，其中疏漏，还望读者指正。2002 年，先学东北师范大学教授林岚老师曾在《东瀛美文之旅》丛书中翻译过《蜻蛉日记》。译者一旦用母语阅读一部作品，在翻译时的措辞与逻辑必然会受到译本的影响，本次翻译时，本着独立完成的态度，以及对林岚老师翻译成果的尊重，并未参考林岚老师译本，读者可参看。

黄一丁

二〇二〇年 八月八日 凌晨一点三十九分

写于日本京都大学文学研究科国语学国文学研究室

《蜻蛉日记》编后记

《蜻蛉日记》从某种程度上以亲历者和旁观者的角度讲述了平安时期一位贵族女性的情感经历和所见所闻，其中许多的内容在当今读起来仍不觉离现当代有着很大的距离。

书中不仅对平安时期贵族的日常生活和礼仪有着详细的描写，对作者所在的近畿地区，及主要活动的当今京都府、奈良县及滋贺县的大津市一带的人文和自然景观也有着丰富的介绍。道纲母的和歌中有不少寄情山水的句子，也有许多对所到之处风土人情和自然环境的描写。为了与书中的文字相呼应，编者特地选了一些与文中提到的景观类似的插图，供读者参考。

《蜻蛉日记》是《日本古典女性日记》系列中篇幅最长，也是情节和内容最为丰富的一部，因此有豆瓣读者把它比为日本版的《甄嬛传》。藤原道纲母在《尊卑分脉》中被誉为“本朝三美人”之一，是日本历史上的传奇人物。豆瓣上的读者能作如此评价，足以可见中国读者对《蜻蛉日记》和作者藤原道纲母的喜爱。

这一版本的《蜻蛉日记》在装帧和版式设计上参考了许多描绘平安时期的画作和日本原版书籍，在其中加入了许多相应的古典元素，和其他几本同时期的贵族女性日记组套成《日本古典女性日记》系列，希望能提供给读者更为完整和全面的阅读体验。